마음 풀기

매듭 풀기
서원방 에세이

초판 인쇄 | 2012년 10월 05일
초판 발행 | 2012년 10월 10일

지은이 | 서원방
펴낸이 | 신현운
펴는곳 | 연인M&B
기 획 | 여인화
디자인 | 이희정
마케팅 | 박한동
등 록 | 2000년 3월 7일 제2-3037호
주 소 | 143-874 서울특별시 광진구 자양로 56(자양동 680-25) 2층
전 화 | (02)455-3987 팩스 | (02)3437-5975
홈주소 | www.yeoninmb.co.kr
이메일 | yeonin7@hanmail.net

값 12,000원

ⓒ 서원방 2012 Printed in Korea

ISBN 978-89-6253-120-6 03810

서원방 에세이

매듭 풀기

매듭은 맺기보다 풀기가 더 어려웠다.

연인 M&B

수필과 벗하며 지낸 지 10여 년이 되어 갑니다.

40여 년의 교직 생활을 마감하고 갑자기 늘어난 자유 시간을 어떻게 활용할 것인지 고심 중에 만난 수필이었습니다.

이과 전공인 제게는 수필을 쓴다는 일이 하나의 도전이었고 과제였습니다. 처음엔 일주일에 한 번씩 윤재천 선생님의 강의를 듣고 문우들과 만나는 즐거움으로 시작했지만, 점점 수필의 세계로 빠져들 수밖에 없었습니다. 『현대수필』과 『청색시대』와 『서초수필』에 작품을 발표해야 했으니까요.

내 안의 생각들을 글로 풀어낸다는 일이 그리 녹록치 않았습니다. 하지만 부족하면 부족한 대로 살아온 경륜과 오랜 교직 생활의 경험을 소재로 써 모은 작품 8, 90편 중에서 56편을 선별하여 한 권으로 묶었습니다.

등단 7년, 그동안 문우들의 작품집을 받을 때마다 언젠가는 나도 보답해야 되지 않을까 생각했지만 엄두를 내지 못했습니다. 설익은 작품에 자신이 없었기 때문입니다.

'노인 한 명이 죽는 것은 도서관 한 개가 사라지는 것이다.'
라는 아프리카 속담이 있습니다. 그만큼 다양한 경험을 쌓으
며 살았던 한 어른의 혜안과 지혜가 중요하다는 것이겠지요.
아프리카 속담에 용기를 내봅니다.

급변하는 시대에 부합되지 않은 부분도 있지만 누군가에게
는 타산지석(他山之石)이 되고, 온고이지신(溫故而知新)이 되
기를 희망합니다.

책을 낼 수 있도록 격려해 주신 윤재천 선생님과 문우들에게
감사드리고, 여정을 함께하는 벗들과 나의 길을 묵묵히 지켜
봐 준 사랑하는 가족들에게도 감사의 마음을 전합니다.

2012년 초가을에

서원방

| 차례 |

1장

매듭 풀기

매듭 풀기

무더위에 짜증이 난 걸까.

도시 한복판 가로수에 몸을 의지한 매미가 요란하게 울부짖는다. 어수선해진 마음을 걷잡을 수가 없어서 집을 나섰다. 불볕에 후끈 달아오른 거리의 열기를 피해 패션 전시장을 찾으니 눈요깃감이 즐비하다. 한 아름 가득 코스모스로 장식한 전시장은 계절을 앞서 가는 모드로 꽉 찼다. 황토색으로 물들인 생활한복도 인기 품목이다. 한복 저고리에 달린 산딸기만한 매듭단추에 눈길이 머문다. 할머니가 손수 지어 입혀 주셨던 옷에도 매듭단추가 달렸던 기억이 선해서다.

할머니는 손재주에 능하셨다. 할머니의 손길이 닿으면 멋스럽고 화려한 작품이 만들어졌기에 이웃의 초빙이 자주 있었다. 새색시의 예복에 장식을 만들어 붙이고, 이바지 음식에 손길이 닿으면 탄성이 나오곤 했다. 난 할머니의 치마꼬리에 매달려 늘 그림자처럼 따라다녔기에, 어깨 너머로 보고 배운 것이 지금까지도 유용할 때가 많다.

손끝이 야무진 할머닌 어린 손녀를 치마폭 앞에 앉히고서 가늘고 곱게 바느질한 끈을 엄지와 검지에 걸어 주시며 단추 맺기를 가르치셨다. 할머니를 따라 고리를 지으며 나비 모양으로 얽고, 돌리고, 느슨하게 풀다가 다시 조이기를 반복하면 산딸기 모양의 매듭단추가 맺어진다.

옛 가정에선 한여름에 입는 적삼에 옷고름을 대신하여 많이 쓰이기 때문에 어린 여아에게도 매듭단추 맺기를 필수 덕목으로 가르치신 것이다.

매듭 맺기를 어려서 배웠던 기억이 생생하여 재료를 준비하고 재연해 보는데 좀처럼 맺어지질 않는다. 오랫동안 잊고 살아서일까. 게을러서일 게다. 제대로 전수받지 못한 아쉬움이 후회로 남는다.

가끔은 여가를 내서 전통공예 전시장에 들른다. 홍·적·황 삼색을 기본으로 하여 연두 분홍 보라 자주 옥색이 잘 어우러진 매듭 공예 작품을 감상하면 멋에 푹 빠지기도 하고, 품위가 고조되는 듯하여 긴 시간을 전시장에서 보낸다. 마치 기능인이 된 듯 가슴이 부풀고 만족감이 입가로 번지기도 한다.

전시된 작품도 다양하다. 궁중 의상, 노리개, 의복 단추, 국악기, 은장도, 부채의 선추, 가마, 족자, 장롱에 이르기까지 매듭 공예 작품이 장식용으로 쓰여서 요즘도 우아함과 고전미에 매료된 여인은 매듭 공예를 높이 평가한다.

선사시대부터 생활에 사용해 왔던 매듭은 맺는 방식에 따라 도래매듭, 생쪽매듭, 안경매듭, 매화매듭, 국화매듭, 나비매듭으로 구분된다. 다양한 문양의 작품이 걸려 있는 전시장에선 장인의 손재주와 전통 예술의 맥을 한꺼번에 짚어 볼 수 있다.

매듭은 맺기보다 풀기가 더 어려웠다. 할머닌 노련한 솜씨를 전수해 주면서 어설픈 내 손재주에 실망이 크셨던지, 맺은 매듭을 다시 풀어 가며 순서를 익혀 보라고 이르셨지만 제대로 풀어 본 기억이 없다. 꽁꽁 맺어진 매듭 풀기는 할머니만의 기술이라고 여겼기에 배우기를 소홀히 했다. 끈기가 부족한 손녀가 걱정이 되셨던지 가르침의 강도가 점점 더해지면서 제대로 배우지 못한 여인의 고달픔을 줄줄이 풀어 놓으셨다.

할머니는 "여자는 귀, 눈, 입을 막고 석삼년 동안 시집살이를 해야 그 집 귀신이 된다, 실타래가 엉키면 딸에게, 새끼줄의 매듭은 며느리가 풀어야 한다."고 이르시며 어린 손녀에게 규방 수업을 하셨다. 난 할머님의 가르침을 거부하며 결혼하지 않겠노라고 어깃장을 놓곤 했다.

아랫동서와 20여 년의 인연을 끝맺음 하는 날이었다.

　직장 생활을 핑계로 바쁘게만 지내다 보니 동서를 챙기지 못해 오해가 산더미처럼 쌓였다. 자상하지 못한 내 성격 탓일까. 작은 떨림에도 상처를 받는 동서의 맘가짐을 읽어 내지 못했다. 가족의 대소사에 좀처럼 나타나지 않는 그녀를 몇 번이라도 손을 내밀어 이끌어 줘야 했는데, 귀, 눈, 입을 다물고 지냈던 것이 화근이었다. 멀어져 가는 동서 간의 거리를 이유 없다고만 여기고 살가운 말 한마디를 나누지 않았다. 갱년기에 접어들어 외로움을 하소연하고 기댈 곳이 없었을 그녀는 소외감에서 헤어나질 못했다. 대화는 점점 줄어들고 만남은 거추장스러웠다. 그녀의 가슴은 타들어 갔고 얽힌 옭매듭을 아무도 풀어 주지 못했다.

　내게 밀려오는 부담에 냉가슴을 앓으면서도 선뜻 나서질 못했는데 그녀가 무너졌다. 그녀의 스트레스는 자신을 혼수상태로 빠뜨렸고 4년의 세월 동안 그녀의 영혼은 식물인간이 된 자신의 육신을 돌며 떠나지 못하다가 한 맺힌 매듭을 비로소 풀었는지 세상과의 인연을 매듭지었다.

특별한 출판기념회

'효자는 스스로 되는 것이 아니고 부모가 만든다.' 고 한다.

효를 하고 싶어도 부모님이 안 계시니 행할 수가 없어 안타까울 때가 많다. 5월이면 가슴이 더 저리다. 가정의 달, 어버이의 날, 양친의 생신과 기일이 한 장 달력에 빼곡하게 적혀 있어서다.

동병상련일까. 선배 '김 교장' 과 '한 박사' 도 가슴앓이를 하다가 어버이를 사모(思慕)하는 문집을 5월에 발간했다. 김 교장의 선대인(先大人)은 망국(亡國)의 서러움을 안고 만주 봉천에 살면서 조국의 광복을 위해 지하운동을 했던 분이다. 뿐만 아니라 타국 땅을 떠도는 불쌍한 이들을 거두었고 '한민족 거류민단장' 으로서 소임을 다하며 민족과 조국을 위해 헌신

했다. 김 교장은 그런 선친의 발자취를 찾아 불철주야로 애쓰더니 선친의 삶이 생생한 기록 문집을 발간한 것이다.

외과병원을 운영하고 있는 한 박사도 부친의 가르침을 한 권의 어록으로 출간했다. 소년 시절, 선친에게서 전수받은 생활의 지혜를 환자에게 전수하더니 부친의 음성이 귓전에서 맴돈다며 가르침을 어록으로 묶은 것이다. '의약분업'의 분쟁에 휘말려 수난당할 때도 실마리를 풀어내는 길라잡이가 되었단다.

5월에 이순을 넘긴 친구가 초청장을 보내왔다. 에스페란토 학회에서 '선구자의 날' 행사와 출판기념회가 함께 안내된 초대장이다. 주말의 일정이 몇 군데 겹쳤지만 우편으로 예를 대신하고, 친구의 출판기념회가 있는 Y대학 캠퍼스로 들어서니 각종 세미나 안내문이 어지럽게 나부낀다. 주말의 오후를 즐기는 대학생의 열기가 운동장을 후끈 달군다.

행사장인 강당으로 갔다. 축하 화환 앞에 선 여인이 한 촉의 난(蘭)인 듯, 연보랏빛 한복을 입고서 다소곳하게 하객을 맞는다. 배부된 출판물은 세인의 기억에선 찾아볼 수 없는 어느 시인의 유작이 담겨진 시집이고 기념식장의 분위기도 생소하다.

프로그램에 실린 해설을 읽고서야 거의 한 세기가 다 되도록 이름 없이 망각된 고인이 여식의 손을 빌어 세상에 다시 태어나는 순간임을 알 수 있었다. 잔잔한 흥분이 일고 이내 가슴이 벅차오른다. 그녀의 한(恨)을 짐작하고도 남을 것 같다.

그는 동문수학을 같이한 40년 지기다. 말수는 적지만 친구들과 어울리기를 좋아했고 상냥함이 매력이어서 인기가 많았다. 그의 팔엔 늘 두툼한 텍스트가 들려 있고 동분서주하며 바쁘게 강의실을 찾아다니는 학구파였다. 가정사에 대해선 좀처럼 마음을 열어 보이지 않았다.

그러던 친구가 한세월을 다 보내고서야 가슴에 걸어 두었던 빗장을 풀고 지난날의 상처를 스스럼없이 내보이려고 출판기념회에 초대하였나 보다.

'선구자의 날' 기념식이 시작된다. 이어서 시인 정사섭의 업적과 시집 『사랑이 흐르는 곳 그곳이 나의 조국』을 소개한다.

'에스페란토어학회'를 통해 비로소 가문의 뿌리를 알게 된 시인의 여식은 기회의 끈을 놓지 않고 파리를 오갔고, 1938년 출간되었던 시인의 문집을 파리의 한 도서관에서 어렵사리 찾아내어 우리말로 번역하여 출판했다.

한 세기 전에 출생한 시인은 부농과 지주의 배경으로 일본, 중국, 프랑스에서 법학과 불문학을 전공했다. 일제강점기의 갖은 압박 속에서 우리말까지 빼앗긴 암울했던 시절, 자유에 목마른 젊은이는 암흑의 나락에 빠져든 조국을 건지려고 고민했고, 일제의 폭력에 항거하며 만국 공용어인 에스페란토어로 일본의 제국주의적 만행을 동물로 은유하며 세계에 폭로한 민족 시인이다.

　그 시대의 젊은이들이 그랬듯이 시인도 자유를 갈망하며 평
화와 사랑이 존재하는 세계가 시인의 조국이고, 세계인이 형
제자매이기를 노래하였고 파리에서 『LA LIBERPOETO』 시집
을 Dan Tirinaro라는 필명으로 썼다.

이 세상에 태어난 사람은 모두가 형제자매

무엇이 혈육이고 무엇이 민족이오

같은 이념을 가진 사람은 형제자매

사랑이 흐르는 곳이 나의 조국이라오

내 조국의 들에 태양이 빛나듯이

다른 나라의 들에도 축복이 빛나오

내 조국의 들에 장미가 꽃피듯이

다른 나라의 들에도 사랑이 꽃핀다오

같은 이념을 가진 사람은 형제자매

사랑이 흐르는 곳이 나의 조국이라오.

_「세계인」 중에서

　작품집이 출간되자 일제의 감시와 속박은 시인의 그림자가
되어 붙어 다녔고 그 대가는 가혹하였다. 말문이 제대로 열리
지 않은 세 살배기 여식만을 세상에 홀로 남겨 놓고 시인 내외
는 유명을 달리했다. 어린 딸은 그 업을 고스란히 짊어지고서

길섶에 난 질경이처럼 모진 삶을 살았다.

비로소 그녀는 자신의 뿌리를 찾았다. 어버이의 한이 얼마나 컸기에 그 많은 인고의 세월 속에서도 잊지 못하고 여식을 흔들어 깨운 걸까. 홀로 굳건하게 살아온 그녀는 그리움이 얼마나 깊었기에 선친의 유작을 시집으로 출간하여 세상 밖에 내놓은 걸까. 세 살배기 딸을 두고 떠나야 했던 아버지의 한이 조금이나마 풀렸을까.

모처럼 해맑은 얼굴로 그녀는 말한다. 시인의 고향인 여산에 선친의 '시비'를 세우겠다고. 가슴에 묻어 두었던 못 다한 효를 다하겠노라는 그녀의 외침이다.

효를 보고 성장한 아이라야 효를 행한다. 세월이 면면히 흘러도 효는 대물림한다고 믿고 싶다.

성명학

어느 가정이나 새 생명이 태어나면 제일 먼저 이름을 지어 준다. 아이의 장래가 승승장구하기를 바라며 작명하는 것은 부모의 권한이고 즐거움이다.

얼마 전 동창한테서 전화가 걸려 왔다. 새로 태어난 손자가 우람하고 골격이 범상치 않다고 너스레를 떨면서 한바탕 자랑을 하더니 아기 이름을 짓느라고 집안이 시끄럽단다. 가족 모두가 제각각 지어 온 이름을 놓고 팽팽하게 줄다리기를 하다가 축조심의(逐條審議)를 했는지 두 개의 이름 중에서 결정하기로 의견 일치를 보았다며 어떤 이름이 더 낫겠냐는 것이다. 아마도 친구가 수세에 몰려 있어 팔을 들어 달라는 주문인 듯하다.

　수많은 학생들의 이름을 한평생 부르고 보아 왔으니 나름대로 이름에 대한 일가견이 있을 것이라며 사족을 덧붙인다. 그는 평소에도 운명에 대해 관심이 많았다. 사주는 운명을 바꿀 수 없지만, 잘 지어진 이름은 팔자를 고칠 수 있다고 주장하더니, 새 손자의 운명을 명품의 반열에 올려놓겠다는 심사인가 보다. 버거운 이름을 가진 내게 그런 요청을 하는 것은 무리라며 에둘러 사양했다.

　성명학에서는 이름은 일생의 행동 양식을 바꾸기도 하고, 성격에도 영향을 주기 때문에 누구에게나 부르기 편하고 좋은 의미가 내포되어야 한단다. 과거의 선인들처럼 나이와 격에 따라 '호'를 지어 부르는 시대도 아니고, 한번 잘못 작명하여 호적에 올리고 나면 한평생 문신처럼 지울 수 없는 멍에인 것이 이름이다.

　지난날 살기가 급급한 서민들은 성명학에 관심을 쓸 여가가 없어 태어나는 아이에게 대강 이름을 지어 주었기 때문에 중학생 정도가 되면 치명적인 별명이 붙어 마음고생이 심하다.

　놀림을 당하다가 성격이 저돌적으로 변한 아이, 열등의식에 사로잡혀 오금도 펴지 못하고 변방을 도는 외톨이, 선생님의 시야에서 벗어나 일찍이 공부를 포기한 아이, 우울증세로 병원 신세를 지는 아이도 있다. 그중에는 법적 절차를 밟아 개명한 아이도 있지만 대개는 운명으로 받아들인다.

내 이름도 그 부류에 속한다. 전화번호부에서도 좀처럼 볼 수 없는 생소한 이름이다. 우선 부르는 입장에서 똑바른 발음을 내기엔 무리가 있고, 흔치않은 이름이어서 앞뒤 글자를 바꿔 부르는 경우도 종종 있다. 새로 입사한 직원이 내민 결재 서류에서도 내 이름은 곧잘 둔갑을 한다.

선거철이 지나고 나면 새 지도자가 나오고 그를 닮은 연예인은 다음 선거 때까지 활동에 제약을 받아서 생계가 막막했다고 술회하는 TV 장면을 몇 번 보았다. 내가 조선 시대의 '태종' 임금 시대에 태어났다면 반역을 도모할 이름이라 하여 애먼 죄를 쓰고서 옥살이를 하거나 집안은 풍비박산이 되었을 것 같다. 누구하고나 처음 인사를 나누고 통성명을 하면 영락없이 '태종' 임금을 연상하고 그의 본명으로 입력해 두니, 임금의 이름을 도용한 죄가 한 가지 더 붙었을 것은 뻔한 일이다.

한참 사춘기일 땐 이름 때문에 고민이 많았다. 그것이 여자의 이름이냐고 비아냥거리는 것은 기본이고, 원산지가 중국이라며 아예 '뙤놈'이라고 치부해 버리는 친구도 있다.

지금은 이념의 선을 넘어 중국이나 러시아(소련)와 왕래를 하면서 오해가 없지만, 당시는 공산주의 국가라 하여 입에 올리지도 않는 땅을 비유하며 '쏘련방'이라고 불러 대기도 하고, '비단이 장사 왕서방'이라며 놀려 대도 맞불을 놓고 달려들 기력조차 없었다. 소극적인 성격도, 사람을 사귀기 힘들어

하는 것도, 특별한 재능을 찾지 못하고 겉도는 것도, 꽁무니를
빼면서 줄행랑치는 버릇도 모두 별스런 이름 때문이다.

　여학교 시절, 여성으로선 좀 특이한 이름을 가진 '차사백'
교장 선생님이 부임하면서부터 내 입지는 달라졌다. 담임선생
님의 배려가 있었고 학교에서도 꼭 바라면 반드시 이룰 수 있
다는 자성 예언의 힘을 알려 준 셈이다. 그래서인지 대학 진학
과 직업 선택에도 큰 어려움이 없었다. 이름보다 생각이 운명
을 바꿨던 것이다.

무심 죄

산사의 종소리는 죄를 씻어 주는 묘약이다.

집 대문에다 작은 종을 매달았다. 문을 여닫을 때마다 들리는 청아한 종소리는 마음을 닦아 내는 세제가 되어 주곤 한다. 크기에 비해 울림이 맑고 여운이 길다. 가끔은 가슴을 후벼 내기도 해서 얼굴이 붉혀지고 부끄러웠던 일들이 상기되어 움찔거릴 때가 종종 있다.

성장기 때, "반성하며 살면 죄지을 것이 없노라."고 이르시는 조부님의 말씀을 건성으로 들었다. '무심 죄'를 짓고서야 가슴을 친다. 남에게 해를 끼치는 것만이 '죄'가 되는 것은 아니다. 해야 할 일을 못한 것, 상대에게 서운한 마음을 느끼게 한 것까지를 치부하니 '지은 죄목'은 부지기수다. 그중에 사랑을 나누지 못한 죄가 가장 크다. 세상을 살아가는 주제가 '사랑'임을 말로만 앞세우고 실천엔 게을렀던 탓이다.

"철이 들려면 아직 멀었다."는 지적을 자주 듣던 기억이 되살아나서 지키지 못한 도리를 종이 위에 써 내려가니 모두가 사랑을 실천하지 못한 죄목이다. 머릿속에만 있고 가슴에 울림을 주지 못한 '사랑'이 이제 와선 삶에 걸림돌이 될 줄이야.

세상 이야기를 곁들여 가며 따스한 정을 나누어 준 정인의 사랑 열매만 따먹고 답장하지 않은 죄를 먼저 고백한다. 명화를 그려 넣은 예쁜 카드에 정성들여 마음을 담아 보내 준 지인에게 묵묵부답으로 일관한 죄. 시력을 잃어 가는 동창의 병상에 덜렁 위로 전화 한마디 전하고 도리를 다했다는 듯이 뻔뻔하게 거리를 활보한 죄가 부끄럽다. '구노의 아베마리아'를 들려주며 흔들리는 가슴을 진정시켜 준 속 깊은 '선이'에게 사랑을 빚진 죄, 발걸음을 게을리한 죄가 염치없다.

인터넷은 사랑을 전달하는 집배원 아닌가. 화면을 클릭하고 몇 번 엔터만 치면 무심 죄로 인한 가슴앓이는 덜어 낼 수도 있었을 텐데…….

'젬마'에게도 너무 무심했다. 벗으로 지내길 반백 년이 훨씬 넘긴 사이인데 그녀를 뇌리 깊숙한 곳에 접어 둔 지 오래다. 중학 시절 부모 없는 서러움을 혼자 이겨 내며, 내색 없이 내 곁에 머물곤 하던 친구다. 그녀가 학자금 조달을 위해 멀리 떨어진 간호학교로 진학하느라 우린 잠시 헤어져 지냈지만 방학 때면 꼭 만나 마음을 나눠 갖곤 했다.

여인의 풍만함을 과시할 나이가 되었을 즈음, 그녀는 병원에 근무하면서 실습의를 만나게 되었다. 무르익은 둘의 사랑을 징표로 남기고 싶었던지, 다방으로 나오라 했다. 상대는 풍모로 보아서 명문가의 후손임을 한눈에 알 수 있었다. 친구의 가무잡잡한 피부색과는 달리 하얀 얼굴에 훤칠한 키, 선량해 보이는 눈빛에선 지혜로움이 흠뻑 묻어 나오고 있었다.

두 연인의 사랑은 절실하고 아름다웠다. 난 그들에게 '사랑의 증인'이 되어 주기로 약속을 했다. 사고무친의 그녀에게 대학생 신분의 내가 후견인이 된 셈이다. 그 실습의는 오직 본인만을 바라볼 수 있는 순수한 여인이어서 젬마를 선택했다고 숨김없이 자신을 토로했다. 앞날의 설계를 자신만만하게 펼쳐 보이는 그 패기 있고 당찬 달변가를 그녀는 서슴없이 신랑으로 맞이했다. 행복해하는 벗을 보면서 감사의 기도를 올린 기억이 새롭다.

신랑의 성취 의지는 쉼이 없었다. 성급하고 강직한 성격, 결심하면 끝을 보는 투혼의 의지, 어느 경쟁에서도 반드시 승리하고 선두에 서야만 직성이 풀리는 남편이었다.

그 어려운 자리를 묵묵히 내조하는 그녀를 병마가 시샘했다. 인고로 인해 쌓인 스트레스를 병마는 그대로 놔두지 않았다. 검은 머리 한 가닥 없는 백발이고, 신장 투석을 통해 하루

하루 연명하는 환자가 되었다.

　기도로 외로움을 달래고 있을 그녀에게 같은 서울 하늘 아래 살면서도 수많은 날을 기다리게 한, 내 오만한 죄를 고백한다. 못나고 어리석어서다. 만남이 뜸하다 보니 정이 소원해졌다. 그녀에게 기다림은 형벌이라는 것을 너무도 잘 아는 처지이지 않던가. 비로소 죄라고 여긴 무지함 때문에 마음이 천근이다.

　'무심 죄'를 고백하고 말문을 여는데 긴 시간이 걸렸다. 용기가 필요했다. 시간이 더 흐르기 전에 만남을 약속했더니 젬마는 벌써 내가 들어설 자리를 마련해 놓고 기다리고 있었다. 내게 채워진 족쇄가 풀리는 기분이다. 오늘따라 종소리의 여운이 오래도록 남는다.

남은 한 장 달력 위에

그 무성했던 나뭇잎을 모두 떨어내고
앙상한 나뭇가지에 주황색 감이 주렁주렁
눈이 아프도록 바라다봅니다

하지정맥류가 꿈틀대도록 고단한 삶
만고풍상 견뎌내며 자식 열매 맺고
튼실하게 영글라고 수많은 날
정화수 앞에서 두 손 모으고 허리 굽히던 그 모습
그저 눈이 아프도록 바라다봅니다

늦가을 들녘에 핀 억새꽃 사이로 꺼이꺼이 들려오는 울음

외줄 위의 곡예사 당신 열매가
떨어지고 터질 때마다 온몸으로 받아 내더니
당신의 피멍 풀리는 소리였군요

남은 한 장 달력 위에
사랑 그림을 그리고 참회 일기를 쓰라고,
살펴보지 못한 어두운 곳에 발자국을 내라고,
당부하는 당신의 간절한 기도였군요
깊이 새기고 길 나서겠습니다

남은 한 장 달력 위에
님 향한 그리움도 쏟아부으렵니다
내 눈을 그토록 아프게 한
동그란 얼굴도 함께 그려 넣으렵니다

불편한 휴식

사람들이 아파트 생활에 길들여지기 시작한 지도 40여 년이 된다.

지난날의 주거 양식은 대문과 중문을 지나 아담한 정원이 있는 뜰을 지나서 밖과 안채를 가르는 분합문을 열어야 반듯한 대청마루에 오를 수 있고, 비로소 방문객이 주인과 맞대면을 할 수 있었다.

가끔 예고 없이 손님이 들더라도 여유를 갖고 단장하거나 흐트러진 가재도구를 치우고 일손을 접을 수 있는 틈이 있었는데, 이젠 들고나는 문이 하나뿐인 아파트에서 살다 보니 황당한 일이 다반사다.

시간의 노예가 되어 한 주일을 다람쥐처럼 쳇바퀴 속에서 돌다가 주말이 되면 긴장을 풀고, 어머니의 품처럼 편안하고 자유로운 내 집에서 조용하게 눈을 감고 눕기를 좋아한다. 혼자만의 공간 속에서 휴식을 취할 수 있어서 좋고, 타인에게 보이고 싶지 않은 치부가 들어나지 않아서 좋고, 내 안의 나를 만날 수가 있어서 좋다. 그런데 언제부터인가 집안에서 조용히 쉬고 싶은데 그러지 못하고 있다. 뜻하지 않게 찾아오는 객 때문에 불편한 휴식이 늘어 가고 있는 것이다.

어느 주말 오후였다. 평소 때처럼 외출에서 귀가하자마자 걸쳤던 겉옷을 훨훨 벗어 던지고 마루에 누우니 홍건하던 땀방울이 쏙 가셨다. 나만의 여유를 즐기며 습관대로 속옷차림으로 콧노래를 흥얼거리고 있는데 '딩동' 벨 소리가 낯설게 들린다.

벨의 강약과 횟수에 따라 누구인지를 짐작할 수 있는데 전혀 새로운 감이다. 학원에서 돌아올 때면 대여섯 번을 급하게 눌러 대며 현관문을 박차고 개선장군인 양 의기양양하게 들어서는 손자 녀석의 벨 소리가 아니다. 담배 연기가 자욱한 기원에서 바둑판을 들여다보며 바둑알과 씨름하다 돌아오는 남편의 벨도 아니다. 나만의 행복을 구가하던 순간이 와르르 무너진다.

좀처럼 문이 열리지 않자 이내 인기척이 들린다. 손님을 대동한 'ㅂ'다. 급하게 응답은 하였으나 팔다리가 옷에 꿰지질 않고 몸동작이 더 어눌해지면서 반가운 기색을 보여 주질 못했다. 손님을 맞이하는 주인의 자세가 불편하였으니 그날의 냉기류는 일주일을 넘기고도 모자랐다.

샤워 도중에 가족의 벨 소리로 잘못 인식하여 개문을 하고 뜻밖의 객에게 나신을 보여 준 불상사도 있었기에 혼자서 길을 가다가도 공연히 얼굴이 붉어지고 행인에게 들키기라도 한 양 겸연쩍어진다.

배달부의 등기우편물이 수취인 부재로 되돌아가기도 했다. 거실에 켜 있는 TV 소리로 인해 현관의 벨 소리를 듣지 못한 탓이었다.

이젠 집안에 혼자 있게 되면 누가 찾아올까 봐 긴장을 한다. 집안에 홀로 조용히 앉아서 휴식을 취하고 싶은데 그마저 안 된다. 불편한 휴식으로부터 탈피할 궁리를 하면서 전원주택지를 물색하는데 그것마저 제약이 많다.

활동 무대를 뒤로하고 경치 수려한 양평으로 거처를 옮기고 혼자서 또 다른 삶을 개척하는 'W'의 용기가 부러우면서도 선뜻 실행하지 못하는 것은 지나치도록 도시에 길들여져 살았기 때문이다. 탈도시의 변을 입에 담으면서 행하지 못하는 것은 이중성격 때문일까, 보편적 갈등일까.

도심에서의 불편한 휴식은 행함이 이뤄질 때까지 감당해야 할 내 몫일 게다.

당신은 영원한 태극 전사

태극 건아,
당신 의지와 다짐은 바윗덩이보다 굳고
흘린 땀방울은 강물을 넘쳐나게 했지요
세계를 번쩍 들어 올렸고
적수를 내동댕이친 힘
지구촌 축제는 펄펄 끓는 용암의 도가니

짜릿했습니다
행복했습니다

백발이 성성한 소중한 벗님, 당신도 영원한 태극 전사

한평생 빈주먹 불끈 쥐고 가난을 물리친 희생
자신을 불태워 역사의 밑거름이 되어 준 헌신
모진 회오리에 휩쓸리지 않고 흔들림 없이
마라톤 레이스를 묵묵히 달려온 벗님

소중한 당신은 영원한 태극 전사입니다
무지와 빈곤의 범람을 오직 몸으로 막아 내며
부국 강토를 일구고 보란 듯이
태극기를 만방에 휘날렸으니까요

짜릿했습니다
행복했습니다

청계천이 시커먼 구정물과 거품이 엉켜서 썩는 냄새로 범벅이었던 것은 가난 때문이었다. 무너질 것만 같은 청계천의 나무다리를 건너서 을지로로 가려면 몇 번씩 숨을 멈춰야 했다.
다리 밑에서 뿌옇게 끓어오르는 연기와 참을 수 없는 악취가 사방으로 퍼져 있어서 코 막음으론 당해 낼 수가 없었다. 얼기설기 엮은 '하꼬방' 사이에 아무렇게나 솥단지 걸고 군복을 까맣게 염색하여 삶아 내느라 청계천이 온통 북새통이었다.
그 염색한 군복은 당시 대학생들의 단 한 벌 뿐인 전천후 교복이 되었다. 점심 거르기는 다반사였고, 주말이면 대학가 골목엔 책과 가재도구를 싣고 온 손수레가 줄지어 나타났다. 방세가 밀려서 쫓겨난 가난한 이의 이삿짐이었다. 안면 가리고 친구의 자취방으로 쳐들어가 얹혀살며 주경야독했던 태극 전사들.

어렵사리 공부를 마치고 겨우 취업하면 뒷바라지해 준 가족을 보살펴야 하는 의무는 필수였고, 산업 현장에 서서 수출 대국을 꿈꾸며 불철주야로 땀방울을 흘렸다. 수없이 쏟아 낸 태극 전사들의 땀방울로 오늘의 경제 대국을 이루어 냈다.

한류의 열풍이 세계 곳곳에 뿌리내리고 코리아의 이미지가 달라졌다. 작은 나라, 못사는 나라 대한민국이 세계 경제 대국에 진입했다. 너무도 가난하여 구호물자로 주린 배를 채우던 시절엔 우리가 못사는 나라를 도우며 살 거라고는 상상도 못 했다.

그러나 우리는 해냈다. 당신이 흘린 땀방울이 오늘의 대한민국을 있게 한 것이다. 백발이 성성한 당신은 영원한 태극 전사다.

구백 냥의 눈

늘 빠듯한 일정을 짜놓고 다람쥐 쳇바퀴 돌 듯 직장을 오가다가 모처럼 시간을 내어 유럽 여행길에 나섰다. 기회가 닿을 적마다 여행자들이 찍어 대는 사진기에 눈이 쏠린다.

내 것이 구식이긴 해도 성능엔 별 차이가 없으려니 위안을 하면서 셔터를 눌러 경치를 담으려는데 좀처럼 초점이 맞춰지지 않는다. 여정은 계속되고 대영박물관에서 아시리아 궁전의 부조물, 독일의 고풍스런 건축양식, 바티칸의 성베드로 성당에 그려 놓은 라파엘의 성화, 시스틴 소성당의 '최후의 심판'을 감상하려니 눈에 무리가 온다.

서유럽의 전경은 한겨울에 성에 낀 창밖을 넘겨다보는 것 같고, 스위스의 정상 몽블랑도 여전히 구름에 가린 듯 선명치 않다. 프랑크푸르트에 있는 안과에서 시력검사를 해 보니 정밀 진단을 받아야 한단다.

두 주간의 여행길을 접고 귀국하여 안과에 갔더니 수술을 권하면서도 대수롭지 않게 여긴다. 좀처럼 믿음이 가질 않아서 망설이는데 수술 성공률은 거의 완전에 가깝다고 안심시켜 준다.

수술 일정을 잡았다. 며칠의 여유가 있어서 기다리는 동안 가재도구를 정리해 가며 애써 일에 몰두해 보지만 좀처럼 생각을 떨쳐 버릴 수가 없다. 지난날의 기억이 꼬리를 잇는다.

초등학교 시절부터 눈병이 잦았다. 눈을 감으면 번쩍이는 불빛이 눈에 가득하여 화끈거리기 일쑤고 다래끼는 단골손님이었다. 눈엔 늘 열기가 가득하고 편두통까지 생겨 고통스러웠다. 학교에선 칠판 글씨가 보이질 않아 선생님의 강의를 속기로 노트 정리하느라 분주했다.

매년 5월이면 실시하는 신체검사에서 시력표를 또박또박 2.0까지 읽어 내는 친구가 부러웠다. 길에서 마주치는 사람을 알아보지 못해 수모를 당하던 일, 어렵게 장만한 안경을 부러뜨리고 깨뜨려서 어머니로부터 조신하지 못하다고 꾸중 듣던 사건들이 머릿속을 헝클어 놓는다.

거리에서 지팡이를 의지하며 길을 걷는 이들을 만나면 예삿일 같지 않았다. 앞을 못 보는 이에게서 눈길을 떼지 못하는 것도 내겐 사연이 있어서다. 외할머니는 두 번씩이나 눈 수술을 받고도 끝내 빛을 되찾지 못해 청맹과니가 되었기 때문이다. 할머니는 열네 살 철부지로 동갑내기 개구쟁이와 혼인하여 십여 년 만에 시어머니에게 손녀만을 안겨 줬고, 한평생 주눅이 들어 순종하며 살면서 절손의 누명까지 썼다. 지아비의 무례함은 날이 갈수록 더해 가고 친정으로 내쳐지길 여러 번이었다. 그 인고를 참느라 생긴 화(禍)가 눈으로 몰리면서 눈병치레가 잦더니 잘못 쓴 약화(藥禍)로 인해 시신경이 마비되었고 끝내는 어둠 속에서 부대끼며 살았다.

'자라 보고 놀란 가슴 솥뚜껑 보고도 놀라' 는 격으로 눈에 대해선 유별나게 신경이 쓰인다.

몇 해 전, 강남대학교에서 자원봉사자 교육을 받을 때였다. 장애 체험 프로그램에 참가하여 앞을 보지 못하는 장애우의 역할을 체험했다. 눈을 가리고 안내자의 보조를 받아 가며 언덕을 오르다가 넘어지고 주저앉고 비틀거리면서 '몸이 천 냥이면 눈이 구백 냥' 이라는 말을 몸으로 터득했다.

수술대에 올랐다. 진통제와 진정제로 충분하게 처치를 했는데도 긴장이 더해지면서 어깨 근육이 뻐근하고 혈압이 오른다. 수술 장비를 확인하는지 금속성이 맞부딪치는 소리가 날카롭게 들리면서 머릿속을 파고든다. 의사의 부드럽고 나지막한 기도 소리를 듣고서야 멈췄던 숨을 내쉰다. 의료진은 서로

호흡을 맞추며 침착하고 빠른 손놀림으로 혼탁해진 수정체 위의 백태를 걷어 내고 후속 조치로 마무리한다.

걱정은 기우였다. 시술이 잘돼 안대를 풀자 환하게 빛이 들어오면서 사물이 선명하게 보였다. 신문의 작은 글씨도 읽을 수 있고 TV 화면 속 연기자의 눈동자까지도 볼 수 있었다.

찬바람이 심한 세모, 아직 수술 상처가 아물지 않았지만 '서울 루미나리에' 의 불꽃도 보고 싶고, 희망의 빛, 나눔의 빛, 사랑의 불빛을 놓치고 싶지 않아 집을 나섰다. 16세기 르네상스 시절 종교의식에서 유래되었다는 빛의 축제는 기대 이상으로 황홀했다. 빛을 볼 수 있다는 기쁨을 온몸으로 느끼며 나눔의 행사에도 참가했다.

'몸이 천 냥이면 눈이 구백 냥' 이라는 속담이 절실히 와 닿는 순간에 백내장 시술한 '임 여사' 의 말이 생각나서 피식 웃음이 나온다.

"서울의 가로등을 모두 바꿨나벼."

2장

꽃마을 이북골

꽃마을 이북골

소한(小寒) 추위다.

'대한이 소한 집에 다니러 왔다 얼어 죽는다.' 더니 강추위가 열흘을 넘기고도 물러설 기색이 없다.

지난날, '이북골'에서 겪었던 추위가 다시 온 듯하다. 겨울 한철을 그곳에서 지낼 때였다. 우리 남매는 추위가 기승을 부리면 바깥출입을 하지 않고 화롯가에 둘러앉아 감자를 구워 먹으며 할머니에게 옛날이야기를 해 달라고 졸랐다. '효자와 산딸기'를 듣는 대목에선 먹음직한 딸기를 그려 보며 봄을 애타게 기다렸다.

요즘은 온실재배로 딸기가 때 없이 생산 출하되다 보니 노점상에서도 흔하게 볼 수 있고, 온실엔 프리지어와 철쭉이 흐드러지게 피어 있어도 더 이상 눈길을 고정시키지 않는다. 학교에서도 과일과 화훼의 절기는 시험문제의 대상이 아니다.

해방이 되면서 치안이 어렵고 나라가 혼란스러울 때, 직장생활을 하던 아버지는 '이북골' 로 낙향하여 과수와 화훼를 심고 가꾸었다. '과천집' 은 절기마다 색다른 앵두, 살구, 딸기, 개복숭아, 청포도, 석류, 고욤이 열리고 해당화의 꽃향기도 집안에 가득하여 장안의 일가친지가 자주 찾았다.

'이북골' 은 임금으로부터 내려진 지명으로 그곳에 사는 사람은 복을 받는다 하여 '이복촌', '이북골' 로 불리다가 지금은 옛 지명으로만 남았다. 마을은 주변의 집성촌인 천촌말, 뒷벌, 시궁말, 새텃말, 새말, 장앗들, 치골과 함께 우면산을 등지고 한강을 품고 있는 마을이었다. 부락민은 대부분이 소작농으로 도조(賭租)를 내느라 궁핍한 생활을 했다.

지주 집의 허드렛일을 하는 여인네들도 있고, 초등학교를 졸업하고 일꾼으로 나서는 아이들도 많았다. 젊은이들은 지게에 집채만한 땔감을 짊어지고 신작로를 메우며 장안으로 팔러 다녔다.

첫 새벽에 닭이 울면 떠나 몇 푼의 돈을 쥐고 돌아오면 한나절이 되어 새참 때를 넘기기 일쑤였다. 그나마 장안의 대갓집은 진달래나 산목련 같은 관상수를 덤으로 주어야만 땔감을 사 준단다.

마을 청년들은 경쟁이 붙으면서 뉘랄 것 없이 우면산을 무대로 어린 소나무, 잣나무, 향나무, 철쭉 같은 정원수가 될 만한 것을 모조리 파 가느라 산은 헐벗었고, 산짐승이 덮고 지낼 가랑잎조차도 없었다. 부락민의 돈줄이 되느라 '과천집' 도 밤이면 과수와 화훼가 한두 그루씩 뽑혀 나갔다.

아버지는 온종일 야산에 감나무 묘목을 심어 보지만 부락민이 모두 캐 가기 일쑤였고, 가을에는 밤송이가 미처 영글기도 전에 송두리째 서리해 가는 사건이 끊이질 않았다. 애써 가꾼 양배추와 땅콩도 남의 차지가 되곤 했다. 그렇게 부락민에게 부대끼면서 지냈다.

무지를 퇴치해야 하는 것이 급선무였다. 아버지는 야학을 열어 마을 청년에게 고등 채소와 꽃 재배 기술을 보급하고 농가 소득을 크게 올리게 했다. '꽃마을' 의 태동이다. 아버지가 그리울 때면 비닐하우스가 즐비한 과천의 '꽃마을 이북골' 을 들른다.

지난봄, 꽃 묘목을 구할 겸 과천의 하우스를 찾았다. 묘목을 손질하는 사람은 모두가 동남아에서 온 노동자이고 내국인은 만날 수가 없었다. 인건비 때문이라지만 잔손이 많이 가고 힘든 일을 내국인은 하려 들질 않는단다.

나라가 어려울 때는 인건비는 생각조차 못하고 허기라도 메우려 남의 집 머슴을 살았다. 하우스 주인은 바쁘게 움직이면서도 격한 어조로 건장한 사람도 빈둥대며 놀지언정 험한 일은 하지 않으려는 사회 풍조를 탓했다. 우리나라가 언제부터 배부른 삶이었던가, 가정이, 학교가, 사회가 모순 속에서 헤어 나질 못한다.

지난해 동사무소에 공공근로 요원을 요청했었다. 화단을 넓히는 작업이었다. 일하던 젊은이는 삽으로 몇 번 땅을 파면서 한나절 일손을 돕더니 국가에서 실직 수당이 나온다며 슬그머니 가 버린다.

실직수당제도가 생기고부터는 동사무소에 공공근로 요원을 희망하는 사람이 없다고 한다. 실직한 젊은이가 무위도식하면서도 궁색이 두렵지 않나 보다. 3D업종을 운영하는 사람들은 인부를 구하지 못해 어려움을 겪고 사업을 접어야겠다는 말까지 나올 지경이니 어디서부터 실마리를 풀어 가야 하는 걸까.

꽃마을의 애환이 남의 일 같지 않다.

자랑스러운 어머니

어머니,

어머니의 음성이 천상의 세계를 돌고 돌아 제 귓전까지 생생하게 들려옵니다. 낙원에 먼저 오르시어 어머니를 기다리던 벗님들과 모여앉아 여장부의 위엄으로 만장을 휘하에 넣으며 즐거워하는 모습도 함께 보이는군요. 시름이라곤 한 점 찾을 수 없는 맑은 얼굴이기에 여식의 마음은 공중에 나는 깃털처럼 홀가분합니다.

한평생 실타래처럼 얽힌 우리 가정사에 묶여서 헤어나지 못하더니, 마지막 길 떠나실 때도 뒤돌아보느라 걸음걸음이가 불편하셨지요.

그렇게 어머니를 떠나보내고 텅 빈 하늘을 응시하며 여식은

열한 해가 넘도록 마음 놓고 어머니를 불러 볼 수 없었습니다. 울먹이다 끝내는 심박이 터지고 말 것 같아서입니다. 그 여식이 오늘 처음으로 어머니를 불러 보고 저 자신도 놀랐습니다. 가슴엔 아무런 동계도 일지 않았습니다. 맑은 호수에서 흐트러짐 없는 그림자를 보듯이 말입니다. 이제야 천상에 거처를 마련하신 어머니를 인정하게 되었나 봅니다.

어머니, 반세기 전의 기억을 더듬어 보겠습니다. 육이오 피난살이를 끝마치고 새벽녘 영등포역에 내리면서부터 우리는 요지경 속에서 살았습니다. 어머니가 파시에서 주워 온 우거지에다가 미군 부대에서 버린 쇼팅을 넣고 연탄불에 부글부글 끓인 것이 우리들의 먹을거리였지요. 그런 형편에 같은 지붕에서 기거하는 청년 열 명을 함께 거두셨습니다. 물로 배를 채우는 그들을 불러 앉혀 끼니를 나눠 먹으면서 정작 어머니는 배를 곯으셨어요.

오늘 그때 거두던 전쟁고아 두 청년과 어머니의 여식이 한자리에 앉았습니다. 모두가 하얀 재를 머리에 이고 얼굴엔 숭숭 벌어진 숨구멍이 수도 없습니다. 성대에선 맥이 빠진 헛소리가 튀어나오지만 어머니를 화두로 올리니 기운이 솟습니다.

아메리칸드림을 향해 빈 가방 둘러메고 김포를 떠났던 '재성' 이가 40년 만에 고국으로 관광 와서 어머니를 찾아 나섰기에 만들어진 자리입니다. 그는 어머니의 빈자리를 확인하고서야 불효했노라고 술회하며 안타까워하고, 아들 이상으로 정성을 기울이고 공부시킨 '상순'이도 어머니를 칭송하면서 눈물을 글썽이더군요. 어머니 생전에 찾아뵐 수 있었다면 가시는 길이 외롭지 않았을 텐데 하는 아쉬움이겠지요.

지난날을 기억해 보면 어머니의 여식은 불만으로 가득 뭉쳐진 아이였습니다. 호구지책이 어려운 형편에 혈연도 아닌 사람을 거두느라 고생하는 어머니를 이해할 수 없었습니다. 그로 인해 모녀의 갈등은 풀리지 않았고 애잔한 사랑을 나누지 못한 것에 가슴이 저려 옵니다. 어머니를 나눠 가지면서 어머니의 사랑에 갈증이 났던 거지요.

가족의 눈치를 보며 밥 한술 더 떠 주면서 거두었던 그들이 어머니 가시는 길에 아무도 보이지 않았을 땐 섭섭한 마음에 입술을 깨물었고, 서러움은 더 복받쳤지요. 가족과 갈등하며 거두고 베푼 흔적이 이뿐이냐고 반향 없는 반문도 했습니다.

어머니, 오늘은 어머니의 '베풂'이 자랑스럽습니다. 여식 앞에 앉은 두 아들이 성공하여 미국에서 제일가는 주거지 '오렌지카운티'에 산다고 합니다. 아들과 손자의 자랑도 곁들입니다. 아들의 연봉이 10만 불이랍니다. 상순이는 사위가 생명공학 박사를 하고서 '포스트 닥' 연수를 위해 뉴욕에 머물고 아들은 컴퓨터 프로그래머로 맹활약을 한답니다.

어머니는 성공하셨습니다. 비록 눈에 뵈지 않았어도 어머니는 아들을 잘 키워 내셨습니다. 그들이 잘 되리라 믿고 계셨기에 평온하셨을 테지만 여식의 좁은 소견은 가슴을 끓이고 있었습니다.

　어머니, 이젠 투정을 않겠습니다. 어머니 삶에 박수를 보냅니다. 자랑스러운 내 어머니.

분꽃 단상

산사를 찾아 시골길을 걷는다.

비탈길 모퉁이에 핀 분꽃이 소담하다. 봉숭아, 채송화, 맨드라미, 백일홍을 거느리고 해맑은 미소를 지으며 잠시 쉬어 가란다. 외래종 초화 화단에 밀리고 멋에 길들여진 이에게 외면당하더니 언덕바지 귀퉁이에다 뿌리내리고 꽃을 피웠다.

듬성듬성 검은 씨앗을 품은 분꽃이 노랑, 진홍, 노랑 바탕에 진홍 물감을 뿌린 점박이, 줄박이가 한 몸에 피어 있다. 더도 덜도 탐하지 말라고 이르듯 노랑과 진홍이 반반씩 어우러진 꽃을 따서 분꽃피리를 분다. 아주 오래전에 들어 봤던 나직하고 애잔한 음률이 분꽃 향냄새와 어우러져 고요를 깨운다.

인기척에 화들짝 놀라서 먼 하늘에 눈길을 돌리니 화사하게 분단장하신 어머니가 인자한 미소로 반기신다. 여름밤, 붉은 봉숭아물 손톱에 올려놓고 꽁꽁 동여매 주고, 분꽃 씨 빻아 하얀 가루 내어서 향주머니 채워 주시던 어머니, 그분의 체취가 솔바람을 타고 가슴으로 파고든다.

사교적이고 화려한 치장을 좋아하셨던 어머닌 여대생이 된 딸을 자랑스러워하셨다. 넉넉지 않은 생활이면서도 금은방엘 들러서 반지를 끼워 주고, 코트도 맞춤해 입히고선 만족스러워하셨다. 예쁘게 단장하라고 이르면서 딸을 긍지로 여기던 어머닌 행여 누가 탐스럽다며 눈여겨보면 닳아 없어지기라도 하는 듯 아까워하길 주저하지 않았다.

어느 날, 어머니가 사 주신 화장품으로 처음 화장이란 것을 했다. 파운데이션과 입술연지를 바르고 외출하는데 옆집 아주머니의 놀림 섞인 찬사에 홍당무가 된 나는 쥐구멍이라도 찾고 싶었다. 그 민망한 기억이 오래도록 지워지질 않았기에 내게서 호사스러움은 멀어져 갔다. 머리 질끈 동여맨 시골 처자의 행색으로 이목을 멀리했고, 무거운 텍스트를 팔이 아프도록 들고 다녔다. 당신이 뜻하는 길이 아닌 외길로만 빠져드는 딸을 보고 혼삿길이 걱정되어 불안해하셨던 어머니.

분꽃이 한 몸에 갖가지 꽃을 피우듯 그분도 개성이 제각각인 열매를 맺으며 어지러운 삶을 사셨다. 진홍빛, 노란빛, 노랑과 진홍이 섞인 점박이, 줄박이 네 자녀는 쉴 새 없이 사고를 일으켰다.

겁이 많아서 세상을 헤쳐 나가지 못하는 점박이, 얇은 귀를 지닌 줄박이는 가정을 곡예 줄에 얹어 놓고 흔들어 대며 풍비박산해 놓기 일쑤여서 가족 모두 현기증 환자가 되었다. 천방지축 호방한 성격을 지닌 아들 '돈키호테'로 인해 허리 펼 날 없이 고개를 숙여야 했고, 혼기 놓친 자식은 안중에 보이는 게 없는지 세상이 좁다 하고 헛기침을 해 대며 역마살을 과시하니 어머니 마음은 상처투성이였다.

고단한 삶을 단신으로 막아 내며 애태우던 어머니 가슴은 이글이글 타는 두메산골의 숯가마를 꼭 닮았다.

이젠, 하늘에서 숨 쉬고 계실 어머니가 한결같은 사랑을 나눠 주시며 내 화장대 앞에서 노랗게 익어 가는 벼이삭 색깔의 저고리를 입고 꽃처럼 화사한 미소로 나를 지켜 주신다.

일과에 파묻히다가 지친 몸으로 귀가하는 날엔 금방이라도 일어서서 밥상을 차려 주실 것 같고, 마음이 상한 날엔 아파하지 말라고 어깨를 다독이며 같이 웃고 같이 괴로워하며 외로운 자식의 등불이 되어 주신다.

며칠째 심기가 불편하더니 피부가 몰라보게 거칠어졌다. 어머니가 화장대에서 이르신다. "곱게 단장해 보라고 끓어오르는 속이 진정 될 것"이라고.

화장대 앞에 앉아서 거칠고 늘어진 피부에 탄력제, 미백제, 주름 방지제를 순서랄 것도 없이 겹치기로 바른다. 쌓였던 스트레스가 잔조각이 되어 흩어진다. 그래서 어머니는 살아생전에 곱게 분단장하며 아픔을 잊으려 하셨나 보다.

어머니의 애절한 바람을 채워 드리지 못해서인지 분꽃피리 소리는 애간장을 녹이며 내게 다시 돌아와 꽂힌다. 일상을 벗어나 산딸나무, 도토리나무, 층층나무, 가시덤불이 어우러진 산길을 지나 산사에 이를 때까지도 어머니를 닮은 분꽃 향내가 은은하게 퍼져 온다.

아버지와 담배

소품을 구입하기 위해 가구점에 들렀다.

장인의 작품인 듯, 고급스럽고 혼이 흠뻑 스며든 가구가 즐비하게 진열되어 있다. 구경만 해도 황홀하다. 한참을 감상하면서 착각 속으로 빠져든다. 격조 있는 집안의 귀부인이 된 기분이다.

밝은 갈색 톤의 수납장, 책꽂이, 의자를 고르고 나니 매장 한 귀퉁이에 면이 넓고 쓰기 편할 것 같은 책상이 눈에 들어온다. 지금의 것도 아직 쓸모가 있지만 새로 바꾸고 싶은 충동이 인다.

난 새 책상을 가져 본 기억이 없다. 어려선 두리반상으로 대신했고, 여학교 땐 친척집에서 얻어 온 헌 책상을 썼다. 낡은 책상이 생기던 날부터 집안은 전쟁터가 됐다.

잠자리에 들던 두 동생이 긁적거리며 책상을 치우라고 아우성이었다. 소등을 하면 온 방 안은 물것의 활동 무대가 된다. 견디다 못한 아이들은 해충 잡기 각개전투로 소란을 떨었다. 목제 책상 틈새에서 기어 나온 해충과 전쟁이 벌어진 것이다. 불빛이 없는 밤이면 그 공세는 더욱 심했다. 두 동생은 '공비 토벌작전'을 세우고 누이가 없는 사이에 책상을 해체해 버리고 사정없이 긁어 대는 통에 피멍까지 든 넓적다리를 어루만지며 개선장군의 기세로 희희낙락이었다.

대학 시절엔 담배 연기가 자욱한 방에서 편두통에 시달려 가며 아버지의 책상을 이용했다. 아버진 그 누구와도 견줄 수 없는 담배 애호가였다. 온종일 담뱃불을 끄지 않으셨다. 흡연 습관도 유별나서 책상이 온통 담뱃불 자국으로 천연두를 앓고 난 별신굿 탈처럼 흉하기 짝이 없었다. 재떨이를 옆에 두고도 책상 가장자리에 타는 담배를 놓고 그림 그리기에 몰두하셨다. 작업을 중단했을 땐 이미 담배가 다 타 버린 뒤이고, 때론 피다 남은 꽁초를 찾느라 방 안이 어수선했다. 꽁초를 맛있게 피우며 짜릿한 느낌도 함께 음미하는 것 같았다.

그 당시는 가정 형편이 그리 넉넉지 못해서 담뱃값이 생활에 지장을 주었다. 어머니의 성화는 날이 갈수록 도가 더해 갔고 우린 콜록거리며 잦은 기침을 해 대지만 사정은 달라지지 않았다.

생으로 타는 담배 연기는 그 냄새가 더 지독하다. 매운내는 눈물까지 글썽이게 했다. 아버진 가족의 항거에도 아랑곳하지 않고 대꾸 대신 길게 들이마신 연기를 내뿜어 허공에 동그라미를 만들어 보였다. 우리 삼 남매는 아버지의 그 기술이 신기했고 서서히 사라지는 연기를 따라 하늘을 날곤 한다. 우린 아버지의 그림보다는 공중에 그려진 그 연기 작품을 더 좋아했다.

어머닌 흡연이 심각한 경지에 이른 아버지한테 늘 불만이 가득했다. 담배에 얽힌 사연을 우리에게 자주 들려주셨다. "네 누이 엉덩이는 담뱃불에 덴 상처가 동전 크기만 하단다." 그것도 아버지의 작품이라며 쌓인 울화를 풀어낸다.

담배가 원인이 되어 먼 길을 떠나셨지만 아버지의 기일엔 책상에 담뱃불이 붙여져 있고 따끈한 커피도 모락모락 김이 오른다.

우리 가족은 담배 이야기로 그리움을 달래고 산 지 오래다. 연기에 질려 고개를 흔들던 장남도 담배 습관을 그대로 닮아 있었고, 그 아내에게 지청구를 당하면서도 흡연을 한 가닥 낙으로 여긴다. '웰빙'과는 먼 거리를 두고 맴도는 장남이다.

지난해 공공장소를 금연구역으로 선포한 정부는 다시 담뱃값 인상을 주도하고 있다. 서민 생활에 불씨를 안겨 줄 것 같아 안쓰럽다. 정부는 국민 건강 차원에다 초점을 맞추며 당위

성을 강조하지만, 금연이 뜻대로 되지 않음을 잘 알고 있는 나
에겐 그 이유가 궁색하게만 느껴진다.

"담배, 그것 독이지요, 차제에 금연하고 건강 지키렵니다."

"인상 폭을 더 높여야 합니다."

"담배가 유일한 안식이었는데 큰일 났습니다."

"서민 생활의 애환을 한 모금 담배 연기에 얹어 허공으로 날
리고 삽니다."

반응이 제각각 다른 여론조사 내용이 전파를 타고 흐른다.

4남매의 양육비

2억 6천 2백만 원.

머릿속에서 쉽게 지울 수 없는 숫자가 새해 벽두에 걸려 있다. 지지난해 기준으로 산출된 자녀 한 명당 요람에서 대졸까지의 양육 경비가 2억 원을 웃돈단다. 해가 갈수록 그 숫자가 늘어나고 있어서 서민에게는 생활비 압박으로 이어지고, 더 이상 아이 낳을 엄두를 내지 못하는 요인이 된다.

지난날이라고 해서 생계비당 차지하는 양육비가 덜한 것은 아닌데, 자연 이치에 순종하는 착한 마음이 뿌리박힌 부모님들은 하늘이 주시는 대로 자녀를 출산했다. 그땐 의·식·주 해결이 급했기에 지금과 같은 문화비, 의료비, 보양식비, 노후 생계비라는 어휘는 알지 못했다.

어머니는 가세가 기울자 궂은일을 도맡아 하셨다. 누우면 겨우 발을 뻗을 수 있는 남의 문간방을 빌려 당신의 분신들을 일터 근처로 불러들였다. 동생들을 돌봐야 하는 맏딸의 짐이 무거울까 봐서 휴식 시간을 이용하여 세 살 여아와 여덟 살 초등학생을 틈틈이 들여다보셨다.

바쁜 걸음, 차라리 뜀박질이라고 할 만큼 고단하게 많은 일을 하셨음에도 어머니의 수입은 넉넉지 못해서 살림이 옹색했다. 4남매의 양육비, 어머니의 십자가는 더 힘겨웠고 숨 가빴다. 단 하루 만이라도 병원에 입원하여 쉬고 싶다고 하실 만큼 고단한 생활이 지속되었는데도 아버지는 백지 한 장도 맞들어 주질 못했다.

'충무로' 지금의 영화 산업 거리가 아버지의 생활 무대였다. 그림을 전공하신 아버지는 잉글랜드 양복에 마카오 모자를 즐기는 '다동'의 멋쟁이 사업가여서 늘 여인의 그림자를 밟고 다니셨다.

고통 속에 사는 어머니의 삶이 안타까워 이혼을 권유해 봤지만 속수무책이었다. 당신마저 우리 곁을 지켜 주지 않으면 자식들이 거리로 나설 것만 같았는지, 당신 몸으로 불운을 막아 보려고 애쓰는 모습이 가여웠다.

젊은 날의 외로움과 번민, 무형의 것까지도 송두리째 자녀 양육에 쓰신 어머니 앞에 한 아이의 양육비가 2억 6천 2백만 원이라고 금전의 가치만을 가지고 치부하기엔 너무 각박한 계산 방법이다.

　자녀의 결혼, 외조부모까지 다섯 번의 장례를 주관하며 무거운 짐을 지고 사는 어머니에겐 탈 없이 커 가는 4남매가 긍지고 자랑이었다. 관심과 배려, 사랑의 힘을 다 알려 주지 못했다고 여기며 고생하던 기억을 파안대소로 넘기던 어머니께 당신이 감당하신 양육비를 1인당 2억 6천 2백만 원과 견주기엔 너무 죄송스럽다.

　심신의 고단함을 무릅쓰고 당신이 잘 키워 낸 4남매는 어머니의 큰 사랑을 노래로 다할 수 없어서 안타깝다.

　이글거리는 태양이 얼마나 희망차고, 별이 총총히 빛나는 밤하늘이 얼마나 아름다운지를 몸소 알려 주며 껴안아 주던 어머니의 젖무덤은 보드랍고 따스했다.

옛이야기

휘몰아치는 강풍에도 끄떡 않던 나뭇잎이
엷은 겨울 앞에선 제 몸을 추스르질 못하네요
그저 바스락바스락 가쁜 숨소리만 낼 뿐

지금은 없어진 풍경이지만,
뇌리엔 낙엽 태우는 연기가 자욱하네요
콧속을 파고드는 내음도 향긋하고요

보초병인 양 책장 저 너머에서 자리를 차지하던
책 한 권을 꺼내들었지요
기억의 갈피를 한 장 한 장 넘기니

끼워 두었던 네 잎 클로버, 장미, 코스모스, 국화꽃이
다투어 가며 옛이야기를 들려주네요

자태를 예쁘게 간직한 은행잎에 귀를 기울였지요
순진무구했던 옛날애기가 들려와요
한껏 멋을 내며 도도하게 걷던 똑똑똑 구두 소리가 들리고
언덕길을 오르며 흘리던 땀방울 구르는 소리도
왁자지껄 떠들어 대던 젊음의 포효도
부끄러움도 점점이 이어지고
기억에서 지우고 싶은 흔적도 보였지만
입가에 머물던 미소가 타이르는군요

'지난 옛이야기는 모두 아름다운 것' 이라고

추억의 골목길

봄볕에 이끌려 걷다 보니 어깨가 맞부딪히는 인파 속이다.

방향을 가늠할 수가 없다. 틈을 비집고 겨우 빠져나왔다. 안국동 네거리다. 줄지어 달리는 차량에서 내뿜는 매연에 목이 따갑지만 오후의 햇살과 함께 도시 속 길벗인 걸 어쩌랴.

사방으로 탁 트인 길이 낯익다. 화동, 계동으로 가는 길, 옛 중앙청, 종로통으로 가는 길 한가운데서 잠시 머뭇거리다 구수한 해장국 냄새가 아직도 배어 있을 것 같은 청진동 길로 들어섰다. 수도 없이 오가던 옛 뒤안길이 궁금하고 수두룩하게 쌓인 옛이야기를 되새김하고 싶어서다.

작달막한 기와집 사이로 꼬불꼬불 실핏줄처럼 이어진 골목길은 겨우 한 사람이 지날 수 있을 만큼 좁았지만 주민들의 마음은 늘 풍성했다. 애경사엔 모두가 내 집일로 여겼고, 성장해 가는 자녀들에겐 다독거리며 격려해 주고 예 갖추길 아끼지 않던 이웃들이었다.

골목 어귀엔 방앗간, 구멍가게, 파란 대문 집이 있었고, 재잘대는 아이들의 웃음소리가 넘쳐났는데, 눈에 선한 그 골목이 보이질 않는다. 뉘에게 들킬세라 감추어 두고 몰래 꺼내 보던 옛 골목길을 찾을 수가 없다. 맘모스 건물들이 게염스럽게 차지해 버린 탓이다.

익살꾸러기 동생을 한번만이라도 만나 봤으면 좋겠다. 가가호호 사연들을 속속들이 꿰고 있다가 가족이 모이는 밤이면 코미디를 연출하던 동생, 라디오를 개조한 확성기로 옆집 여학생의 일상을 염탐하며 호기 부리던 동생은 여학생과 사귀고 싶어서 보이스카우트 활동하며 통학로 교통지도를 도맡곤 했다. 누이의 애장품을 몰래 빼내어 걸스카우트에게 선물할 땐 짜증스러웠는데, 먼 길 앞서 간 동생이 그립다.

그 골목길 양쪽으로 다소곳이 서 있던 한옥 민가는 모두 어디로 간 걸까. 한국일보, 일본 대사관 주변에서 명성을 떨치던 숙명여학교, 중동고, 수도전기고 건물들은 모두 성형하고 다른 간판을 내걸었다.

나라가 혼미 속으로 빠져들던 4·19와 데모, 대통령의 하야, 5·16과 12·12, 간첩단의 청와대 습격 같은 큼직한 사건이 있을 때마다 군경은 골목에 바리케이드를 치고 주민의 왕래를 통제하던 길, 그땐 어머니의 기다림이 있었기에 무난하게 통행을 했었지. 쫓는 경찰의 눈을 피해 쫓기는 데모 대원이 숨어 들던 길, 국난의 흔적을 모두 기억하고 있는 골목길이 눈에 선한데, 우뚝 선 건물들은 그 역사를 알고나 있는지.

내 살던 골목의 형체는 간 곳이 없어도 부모님의 체취가 느껴지고, 와자지껄 떠드는 형제들의 목소리가 환청으로 들려온다. 한옥 민가가 다닥다닥 붙어 있는 담장 너머로 퍼지던 웃음소리도 그대로다. 무거운 가방에 휘는 듯 등굣길을 가다가도 내 앞에 우뚝 선 남학생을 보게 되면 가슴 설레던 길이 아니던가.

그땐, 인근 주민에게 경복궁과 청와대 언덕길을 넘어 효자동에 이르는 통행로를 개방하였기에 청와대 동물원을 자주 관람할 수 있었다. 가끔은 귀공녀가 되어 자유롭게 경복궁 뜰을 거닐던 한가로움, 긴 여름밤의 무더위를 삼청동 계곡의 폭포수로 식히던 짜릿함, 밤이면 낙원동 문화극장에서의 영화 감상에 빠져들던 황홀함, 한겨울엔 꽁꽁 언 근정전 연못에서 스케이트를 즐기며 엉덩방아를 찧던 스릴, 모두가 가족과 함께 내 마을길에 새겨 둔 따뜻함이다.

건물 사이로 이는 바람을 안고서 옛 기마대 앞 골목길로 접어들었다. "오랜만에 옛 길을 걷고 있구나, 내 사랑스런 딸들." 어머니의 음성이 생생하게 미풍에 실려 오는 듯하다.

우리 자매는 어머니의 영혼과 동행하며 고려 말, 문신이고 대 성리학자인 목은 선생 사당에 고개를 숙였다. 고려 충신 삼은(三隱)—포은 정몽주, 야은 길재, 목은 이색—목은 선생은 사회 혼란에 대처하는 주자 성리학을 수용하면서도 초인간적이고 종교적 문제는 불교에 의존한 대학자다.

사당 담 너머엔 불교계의 대 본산인 조계사가 웅장한 모습으로 중생을 구하고 있다. 어머니의 영혼을 위로하는 목은의 가호, 스님의 독경이 목탁 소리에 실려서 점점 더 크게 들린다.

온몸에 잔잔한 울림이 인다. 바람결에 밀려 흔들리고 세파에 쓸려 흐느적대느라 남 몰래 감추어 둔 그 추억의 골목길을 선뜻 찾아 나서질 못했는데 비로소 생각에서 자유로워진 것을 보니 그 골목길은 더 이상 나만의 길이 아니었나 보다.

익살꾼 동생

옛날이 그리워질 때면 군밤 냄새가 물씬 풍기는 청진동 골목
길을 거닐며 젊었던 시절을 곱씹어야 직성이 풀리곤 한다. 내
친김에 옛 숙명여고 담장 아래에 나지막하게 서 있던 옛집으
로 발길을 옮겼다. 지금은 남의 집이 되었지만 거기가 내 본향
이다. 문이 굳게 닫힌 채 인적은 없지만 그 녀석 체취가 코끝
에서 맴돈다.

삐걱 대문이 열리면서 집안이 떠들썩하면 그 녀석이 휴가를
온 것이다. 우리 집에선 '코미디언'으로 불리는 차남이고 군
에선 신참 일등병으로 가는 곳마다 시끌벅적 소란을 몰고 다
니며 구경꾼의 허리춤을 움켜잡게 하는 재담꾼이다.

집에 들어서면 우선 스릴과 서스펜스 이야기부터 풀어 놓느라 군복 벗을 겨를도 없다. 버스 속으로 짐짝처럼 사람을 구겨 넣느라 고생하는 안내양을 대신하여 발차 신호원이 되기도 하고, 승객을 웃겨 가며 지루한 시간을 날려 버리는 '쇼맨' 노릇을 하고 무임승차했노라고 싱글벙글이다. 시골 버스는 차체를 툭툭 치며 큰 소리로 '오라잇' 해야 비포장도로에서 곡예가 시작된다고 제 엉덩이를 실룩거리며 재현까지 해 보인다.

팔순이 넘으신 할머니께선 "조상님 중엔 저런 익살꾼이 없었는데."라며 손주의 재롱을 유일한 낙으로 삼으셨다.

입대하고 부대에 첫 배치를 받던 이등병 땐 식사 당번 자릴 얻어 내어 먹을거리를 해결했다고 어깨를 으쓱거린다. "군대의 소고기국은 소가 헤엄을 치고 지나면 다행이고 장화를 신고 지나가기 일쑤"라며 너스레를 떨고, 한밤중에 남몰래 고깃덩이를 뜯는 맛은 일미였다고 입맛을 쩍쩍 다셔 보인다.

중대장에겐 누이를 소개하겠다고 부도수표를 남발하며 외출증을 받아 홍천 저잣거리를 활보하고, 중년 여인을 만나면 '장모님' 소리를 즐겨 사용하는 호걸이며, 전화국 교환수에겐 입담 좋은 이야기꾼이기에 밤마다 무료 통화의 기회를 얻어 군대와 사회를 동시에 향유하는 멋쟁이 동생이다.

집에서 외박을 하는 날엔 호탕한 웃음을 섞어 가며 무용담을 늘어놓아 가족의 잠을 송두리째 앗아 간다.

"누나, 훈련소에서 큰일을 볼 때면 뚜껑(군모)이 사라지는 것은 예삿일이야. 나도 옆의 것을 들고 뛰어야 돼. 잃어버린 사물은 돌고 돌아 제자리로 올 때도 있지만 찾지 못한 날엔 비참한 현실이 기다린다우."

"우리 중대장은 싸이코야. 사병들이 깊은 잠에 취해 있을 시간에 선착순 집합을 시키고 연병장을 밤새 뛰게 한단 말씀이야. 눈썹이 휘날리게 뛰어가도 기합은 내 몫이지. 휘영청 밝은 달밤에 완전무장하고 그것도 한쪽 발엔 군화, 다른 발은 맨발로 쩔룩거리며 허덕거리는 모습을 상상해 봐." 이야긴 끝이 없다.

한해가 다 저문 구랍, 힘이 빠진 질녀의 목소리가 전파를 타고 들린다.

"고모, 아빠가……."

말을 잇지 못하고 울음을 터뜨린다. 아무리 역경이 닥친다 해도 끄떡없이 큰 몫을 하고도 남을 녀석인데, 대학에 진학할 때도 거침없이 ○○대학에 원서를 내면서 이왕 낙방할 바엔 그럴듯한 학교가 낫지 않겠느냐고 두둑한 배짱과 여유를 보여 주었는데, 가족과 연락을 끊고 외로움과 사투를 벌이다가 잘못되었음이 틀림없다.

오륙도, 사오정, 삼팔선, 이태백까지 등장한 신조어가 간담을 서늘하게 하더니, 그 녀석도 고개 숙인 가장이 되어 어디에선가 숨죽이고 있을 것만 같아 가족이 할 수 있는 일은 대장부

의 호연지기를 잃지 말라는 기도가 전부였는데, 꿈에서도 나
타나 주지 않는다.

 신문엔 실업자 기사가 연일 실리고, 가족 중 아예 직업이 없
는 가구가 20%라고 통계 숫자까지 보도되어도 대책은 없고,
요즘은 실언이나 하면서 권력의 날을 세우는 부류를 향해 그
녀석을 내놓으라고 목청 돋워 봐도 대답이 없다.

 어머니는 이승을 떠나면서 남겨 둔 자식들이 맘에 걸렸는지
눈을 감지 못하시더니, 힘겹게 살아가는 그 녀석을 당신 곁으
로 부르셨나 보다.

 한참 동안 상념에 머물다가 청진동 골목길을 돌아 나서려니
익살꾼 동생의 "누나!" 하는 소리가 환청으로 들린다.

3장

든벌 난벌

VERITAS

아이비리그(Ivy League).

미 동부에서 운동경기연맹을 구성하고 있는 여덟 개의 명문 사립대학교를 통칭하는 용어다.

역사와 전통을 자랑하고 세계 최고의 인재를 배출하는 하버드, 예일, 펜실베이니아, 프린스턴, 컬럼비아, 브라운, 다트머스, 코넬대학교는 많은 사람들이 선망하는 학교다.

맑은 햇살의 영접을 받으며 방문자의 신분으로 하버드대학교의 교문 앞에 섰다. 낯설지 않아서 모교를 방문한 듯 착각 속에 빠져든다. 흥분된 마음을 진정해 가며 고개를 치켜드니 현판에 새겨진 'VERITAS'라는 글자가 눈에 가득 들어온다. 생각할 겨를도 없이 몸은 석고상이 되어 가고 가슴에선 방망이가 요동을 친다. 학문에 열중하지 못했던 지난날이 후회스러워서다.

'서울대학교'의 상징쯤으로 여겨왔던 VERITAS를 지척에서 보게 될 줄이야. 라틴어로 진리, 진실을 의미하는 글자가 아닌가. 세 권의 책 문양도 예사롭지 않았다. 바르게 펼쳐진 두 권, 엎어 놓은 한 권의 책은 하버드대학이 제시하는 메시지다.

진리는 책에서 뿐만 아니라 삶 속, 그 어디에서도 배우고 익히며 깨달아야 한다는 하버드의 교훈을 현판 문양에 표현한 것일 게다. 배움의 갈증을 해갈하지 못해 학문 앞에선 늘 주눅이 드는 나를 겸연쩍게 하는 문양이다.

문예지를 읽다가 '어머니'란 글자가 눈에 띄면 핑그르르 눈물이 괴고, '고향'이라는 글자에선 가슴이 저려 오는 것처럼, '진실'도 오감이 발동하고 떨림 증상이 느껴지는 단어다.

하버드의 VERITAS도 지니고 있는 의미 이상으로 감동을 주고 있어서 'St. Veritas'라고 가슴에다 다시 써 보니 성스러움이 더 선명해지고 숙연해진다.

하버드의 교문을 뒤로하고 교정으로 들어섰다. 옷매무새를 가다듬으며 특징 있게 세워진 벽돌 건물 사이사이를 가로지르자 잔디밭 한가운데에 대학교 건립의 초석이 되어 준 최초의 기부자 '하버드의 동상'이 근엄한 자세로 우뚝 서 있다. 검은 청동색을 띤 동상은 왼쪽 발끝 부위만 붉은 구릿빛으로 윤이 나 번쩍인다. 수많은 방문객이 남긴 흔적이다. 동상에 손을 대고 기(氣)를 받으면 하버드에 입학할 수 있다는 속설이 전해지기 때문이다.

지금까지 38명의 노벨상 수상자를 비롯하여 6명의 미국 대통령과 인재를 배출한 대학의 기를 받지 않을 방문객이 어디 있겠는가. 그 소망의 손길이 동상의 왼쪽 발에 수없이 닿았을 터이니 구릿빛 광채가 번쩍일 수밖에 없다.

흥미와 기대를 반반씩 섞어 가며 하버드의 심장 뛰는 소리가 들릴 것만 같은 동상 앞으로 다가섰다. 손바닥에 힘을 주어 가며 왼발을 한참 쓰다듬으니 전율이 느껴진다. 핏줄을 타고 몸속으로 흘러든 기가 손자에게 전해질 때까지 새어 나가지 말라고 주문했다.

학부를 마치고 외국 유학의 길은 떠나 보겠다는 소망을 실천으로 옮기지 못한 것이 응어리가 되었고, 유학생을 볼 때마다 부러움이 지나쳐 시기까지도 서슴지 않았던 시절이 있었으니 젊은 날의 어리석음이 지워지지 않아 회한으로 남아 있다.

몽상에 사로잡힌 방문객의 주위를 환기시키려 함인지, 기를 받는다고 자녀가 입학을 하겠느냐며 실력이 합격의 열쇠라고 안내자는 일침을 놓는다.

동상의 실제 인물은 '하버드'가 아니란다. 대학 설립 당시 도서와 재산을 기부했던 청교도 목사 John Harvard가 병사했기 때문에 1884년 건장한 3학년 재학생을 동상의 모델로 삼았단다.

교내 곳곳엔 기부금으로 지어진 건물들이 있다. 개척 당시부터 이어 온 미국인들의 기부 문화가 교육을 살린 것이다. 수많은 기부자의 마음 씀씀이에서 비롯된 결과가 최고의 교육을, 최강의 나라를 세운 것이리라.

'Ivy League'의 교육 환경은 우리와는 비교도 안 되는 기부금 출연과 의식 수준이 세계적인 인재를 양성하지 않았는가. 우리의 기부금 출연 행위는 서툴고 소극적이다. 겨우 학자금의 일부를 장학금이라고 내놓으면서 생색내는 장학회가 성행하고 있으니 그나마도 수혜자의 자격을 갖추려면 걸림돌이 수두룩하다.

대학 시절 가정교사해서 학자금을 마련하던 때가 있었다. '대여 장학금'도 내 차지가 아니어서, 저녁 시간에 한 가족 4남매의 과외지도를 했다. 주독야경(晝讀夜耕)이라고나 할까.

시험 기간이 되면 시험에 나올 만한 문제를 뽑아 지도해 달란다. 실력 향상하고는 거리가 먼 아이들과 씨름하다가 '통행금지 예비 사이렌'을 듣고서야 집으로 향하곤 했다. 간발의 차이로 마지막 버스를 놓치면 남대문에서 수송동까지 종종걸음 쳐 겨우 통금 시간을 면했고, 그나마 학자금을 충당하던 아르바이트도 길게 가질 못했다. 그 당시 학생의 신분으로 할 수 있는 일은 과외지도가 전부였는데, 일자리를 찾을 수가 없어서 더 이상 학업을 지속할 수 없게 되었다.

취업하여 가정을 돕는 친구와도 비교되기도 하고, 아버지 대신 가계를 혼자서 감당하는 어머니의 힘도 덜어 드려야겠기에 대학교수의 꿈을 접고 중등학교에 머물길 40년, 퇴임을 하고서야 미 동부의 아이비리그 대학 방문단의 대열에 합류하여 못 이룬 유학의 꿈을 조금이나마 다독거려 본다.

요즘은 VERITAS의 보물을 평생교육의 장(場)에서 찾고 있는 중이다.

든벌 난벌

늦은 아침이다.

은은한 녹차의 향기를 즐기며 바쁘게 달려온 지난날의 상념
에 빠져 있는데 벨 소리가 요란하다. 전시회가 있으니 화랑으
로 오라는 친구의 부름이다.

오랜만에 인사동 거리도 구경할 겸 집을 나서려니 입을 옷이
마땅치 않다. 외출할 때마다 겪는 일이지만, 이것저것 뒤적여
봐도 마음에 드는 옷가지가 쉽게 나오질 않는다. 가야 할 곳마
다 격이 다르고 날씨의 변화가 심하다 보니 늘 고민거리다.

대개는 옷차림으로 그 사람이 무엇을 하고 있는지 알 수 있
다. 주말에 북한산을 오르다 보면 원색의 점퍼 차림이 등산길

을 메운다. 낚시꾼은 주머니가 많이 달린 베스트를 걸치고, 백화점의 점원이나 은행원은 유니폼 차림이다.

집 근처 슈퍼에 갈 때는 부담이 없지만, 애경사에는 복장을 신중히 해야 한다. 직장에서도 관리직으로 승진을 하면 먼저 복장부터 달라지니 옷차림새로 직분을 알 수 있다. 맞선을 볼 때도 품위 있는 옷을 입고, 교회나 절엘 갈 때는 정갈한 옷차림을 하지만 막일을 할 때는 그렇지 않다.

퇴근길에 재래시장을 들러 먹을거리를 준비하다 보면 차림새를 보고 물건값을 올려 받기도 하고, 주부 차림을 하면 청하지 않아도 덤까지 주는 경우가 있다.

인물이 뛰어나거나 키가 훤칠하지 않아도 매무새에 따라서 평가를 달리 받는다. 어느 국회의원은 등청하던 날 상식을 넘어선 차림이어서 TV를 시청하다가 미간을 찌푸렸던 기억이 있다. 지금도 자주 화면에서 대하지만 그때의 인상 때문인지 곱지 않게 보여 채널을 돌리곤 한다.

한참을 망설이다가 청바지 차림으로 나서는데 "애야, 옷차림이 그게 뭐냐."며 할머니의 음성이 귓전에 와 닿는다. 직장을 접고 가사를 돌보면서 지나치리만큼 편리주의에 빠져든 내게 자성하라는 할머니의 꾸중이다. 옷을 입을 때마다 무의식 저편에 늘 할머니가 자리하고 있었나 보다.

생전의 할머니는 '의식주' 중에서 '의'를 으뜸으로 여기며 사람의 차림새로 품격을 가늠했다. '선비는 든벌 난벌이 분명한 법'이라며 복장의 법도를 엄격하게 가르쳤기 때문에, 외출할 때마다 할머니를 기억하게 되고 직장 생활하면서 정장으로 일관한 것도 그런 연유에서다.

미니스커트가 유행하던 60년대 후반, 젊은 여성들은 허벅지가 한 뼘 이상 내보일 정도의 미니 형 '룩 스타일' 스커트를 즐겨 입을 때다. 같은 학교에서 근무하는 H가 미니스커트를 입고 나타나면 남자 선생의 얼굴에 화기가 돌면서 교무실 분위기도 달라진다.

호기심 많은 남학생은 교실 바닥에 거울을 놓고 그녀의 속옷을 훔쳐보다가 교무실에 불려와 벌을 서는 사건이 자주 발생했지만 그는 단연 직장의 '히로인'으로 인기가 대단했다. '미디스커트' 차림의 나에겐 먼 이야기였다.

미니스커트의 유행이 서서히 청바지로 옮겨 가던 70년대 초반 무렵이다. 청바지는 젊음의 상징이었고, 여자대학 입구엔 온통 청바지로 넘칠 때다. 나도 예외는 아니어서 몸에 꼭 들어맞는 청바지를 입고 출근하니 남학생들이 킬킬대며 딴청을 부리고 학교 담벼락엔 낙서가 볼거리로 등장했다. 교사의 직분을 망각하고 유행을 쫓다가 벌어진 사건으로 인해 청바지를 벗어야만 했다.

90년대 초, 참교육을 내세우며 제도 개혁의 물살을 바꾸느라 변화와 혼돈 속에서 저마다 목소리를 높일 때다. Y가 복지 후

생에 대한 요구를 했지만 해결책이 없어서 답답했다. 복무 감사가 있을 것이라는 정보를 접한 그들은 교무실을 청바지 시위장으로 만들었다. 비동조자들을 따돌리며 몰아붙이는 바람에 불안한 나날을 보냈던 기억이 청바지를 가까이하지 않게 만들었다.

그렇게 내 삶의 방위는 시곗바늘을 따라 움직이느라 의생활뿐 아니라 언행까지도 절제와 억압의 보에 쌓인 채 영원히 자라지 않는 미숙아가 되었다.

찢어져 너덜대는 청바지를 걸친 젊은이, 툭 불거진 아랫배까지 노출해 가며 배꼽을 드러낸 대학생, 벌겋게 상반신을 드러낸 속곳 차림의 중년 여인들 사이에 끼어 인사동 거리를 거니는데 제자가 반갑게 인사하며 "선생님도 청바지? 아주 젊어 보여요." 한다. 나이에 걸맞은 옷차림이 아니어서 안절부절못한 하루였다.

할머니의 '든벌 난벌' 가르침은 품격 높은 가정교육이다. 손자에게도 전승하련다.

수덕사를 찾아서

만공 스님.

어린 시절 전 할머니의 염불 속에서 자랐습니다. 문중을 떠나 향리로 낙향해 홀로 지내시던 할머니는 염불이고, 염불이 할머니였습니다. 새벽녘에 손수 조반을 끓이고, 온돌방의 냉기를 가셔내기 위해 아궁이에 청솔가지를 넣고 군불을 지피면서 "관세음보살……." 염불은 할머니의 숨소리였습니다. 귓속에 잦아든 염불이 한 많은 할머니의 독백이려니 여기고 큰 관심을 기울이지 않았는데도, 반야심경의 서문을 기억하고 있습니다.

할머닌 먼 길 떠나신 낭군님의 극락왕생과 아드님의 안위를 기원하셨지요. 매월 삭망이면 관악산 자락의 산사를 찾아 시주하고 때론 스님이 저희 집을 방문하기도 했습니다. 그때마다 전 슬그머니 집밖으로 나갔지요. 스님의 복색이 맘에 들지 않았습니다. 아니 스님에게서 풍기는 독특한 향내에 익숙하지 못해서였습니다.

불심에 심취하여 살아가시는 할머니와 차츰 소원해지면서 친구 따라 하느님의 교회로 발길을 옮겼지요. 나의 신앙을 키우면서도 가슴 구석구석을 모두 채우지 못하고 지냈습니다. 나이가 들고 세파를 겪으면서 비로소 그곳에 심오한 가르침이 있다는 것을 느꼈습니다. 신중한 삶에 대한 질문이 던져지더군요. 가끔은 불교방송을 접하면서 명상에 젖어들 때가 있습니다.

직장인으로 수십 년을 숨 가쁘게 살아오다가 이제야 무거운 짐 내려놓고 자유인이 되어 여가를 음미하고 있습니다. 긴 세월 속에서 맺은 소중한 인연들과 함께 산사를 찾곤 합니다.

복잡한 도회지를 벗어나면 곱디고운 풍광이 반겨 줍니다. 아름다운 명산에는 반드시 유명한 절이 있더군요. 며칠 전에도 서산 일대를 여행하다가 울긋불긋 화려하게 물든 덕숭산이 품고 있는 수덕사를 찾았습니다.

돌연 객기가 발동하더군요. 수덕사의 속살을 더듬고 싶어졌습니다. 산사 곁에 볏짚으로 이엉을 두른 초가집이 다소곳한 매무시를 하고 살포시 웃음 짓더군요. 달콤한 옛이야기가 그리워서 빠른 걸음을 재촉했습니다. 말끔하게 단장한 수덕여관으로 들어섰지요. 두런두런 옛이야기는 들려오지 않더군요.

30여 년 전이지요. 낡은 초가 고옥엔 수덕여관이란 빛바랜 현판이 걸려 있었습니다. 산사를 오가는 객을 위해 한정식을 지어내는 식당이었지요. 뒤뜰 너럭바위에 새겨진 고암 이응로의 추상문자 암각화보다는 소박당한 처, 박귀희의 놓쳐 버린 젊음에 더 마음이 끌렸습니다. 문간방에 점심 상차림이 준비되었고, 노구의 못 이룬 사랑가가 입맛을 더해 주었지요. 당대의 신여성 화가 나혜석의 온기가 곳곳을 덮혀 주고 있어서 한겨울의 방바닥이 따끈따끈했었습니다.

초가를 뒤로하고 몇 발자국을 걸어 사천왕문 앞에 섰습니다. 절 입구에 눈을 부릅뜨고 엄청난 체구로 죄인을 짓밟고 서 있는 사천왕이 무서운 건 예나 지금이나 같더군요. 할머니를 따라 불심을 키우지 못한 이유가 거기에도 있었습니다.

40여 년 전 여름, 무더위와 비포장도로의 흙먼지를 뽀얗게 뒤집어쓰고 덜컹거리는 시골 버스로 수덕사를 찾았습니다. 막연하게나마 일엽 스님이 가슴에 맴돌고 있어서였지요. 신병이 깊은 터여서 만나 뵐 수는 없었지만. 불사의 스님이 아닌 연인으로서의 일엽 스님이 내겐 선망이었습니다. 울퉁불퉁한 험한 돌길을 가까스로 기어올라 견성암 앞에 다가선 것만으로도 족했던 기억이 납니다.

요즘의 젊은이가 품고 있는 인기 연예인에 대한 흠모와 다르지 않은 심정이었을 겁니다. 당대의 문필가 이광수와 일엽 김원주의 다 부르지 못한 연가가 암자에서 들려오는 것 같았습니다.

젊은 시절의 그녀는 가정을 등지고 유학길에 나서서 세상을 움켜쥔 당대의 신여성이었습니다. 그녀로 인해 평생을 독신으로 지낸 '오따'의 일생을 집어삼키며 당당하게 여인이기를 거부했지요. 열병으로 신음하는 한 점 남겨진 혈육까지도 끝내 저버렸습니다. 그런 그녀가 번뇌와 씨름하다 속세와의 인연을 뿌리치고 불가에 귀의하여 일엽으로 다시 태어났습니다.

그녀의 단호함과 강인함은 내겐 오를 수 없는 태산 같으면서도 한 가닥 따스한 온정이 넘치는 일엽이기를 바랐습니다. 절친한 벗 화가 나혜석의 손에서 한때 자란 아들 일당 스님의 자전소설 『사모곡』은 매몰찬 어미와 처절한 아들의 관계를 담담하게 써내려가고 있더군요. 어머니를 어머니라고 불러 보지 못하고 따스한 눈길 한번 돌리지 않는 그녀를 찾아 헤맨 아이 김태석. 어린 가슴에 남아 있는 푸른 멍이 제게까지도 전이되어 아픔으로 남습니다. 불가에 귀의한 수도승의 길이 진정 그러해야 되는 것인지요.

만공 스님에게 묻습니다. 칼날같이 속세를 베어 내라고 일엽에게 이른 분이 스님이셨습니까. 애타게 불자가 되기를 바라던 파란만장한 나혜석은 믿어지지 않으셨던가요.

저를 받아 주시라고 애원했어도 뿌리치셨을 것 같아 스님에게 투정을 부려 봅니다. 제게도 청춘 시절의 고통과 아픔이 갈피갈피에 얼룩져 있습니다. 단호하게 베어 내지 못하는 우유부단함과 어리석음으로 세월을 낭비했습니다. 갈등으로 온몸을 결박하면서 사바세계에 머물다가 산사를 찾곤 하지요.

할머니의 염불 소리가 귓전에 맴돌고 마음에 평정이 올 땐 내 본향에 온 듯합니다.

스님, 수덕사의 가을이 깊어 갑니다. 출렁이는 마음을 가누지 못하고 잠시 낙엽이 되어 바람결을 타고 흩날렸습니다.

겨울 산행 길에서

　'떡 할 줄 모르는 여인 안반 나무라고, 글씨 못 쓰는 선비가
붓을 탓한다.' 고 하더니 내가 그 격이다.

　동창 모임에서 태백의 설경도 볼 겸 겨울 산행을 한다며 회
원 확보에 나섰다. 가을 산행에서도 장비가 부실했던 것 같
아 내친김에 운동구점에 들러 아이젠, 스틱, 스패치를 마련
했다.

　주말을 기다려 구민회관 앞에서 산악회 버스에 오르니 몇 명
의 낯선 등산객이 있을 뿐 동문들 세상이다. 젊어선 가세를 일
으키고 고단한 삶을 자손에게 대물림하지 않으려 숨 가쁘게
살아온 노객들이 저마다 격식 없이 이름을 부르며 들뜬 기분
을 감추지 못한다. 주름살이 깊어져 옛날의 그 앳된 모습은 보

이지 않지만 입담은 여전하다. 오랜만에 모임에 나온 친구와 실험실에 파묻혀 지독한 화학약품 냄새에 찌들던 시절을 되짚으며 애틋한 정을 나눈다.

몇 시간을 달려 태백에 이르니 산야는 은백색으로 장관이다. 눈을 헤치며 산으로 오르던 이들이 경사진 능선 앞에선 이순(耳順)을 넘긴 나이를 드러내고 만다. 힘이 좋은 동문은 앞장을 서지만 헉헉대는 숨소리가 산에 닿는 동문, 뒤쳐지며 앞서 가라고 손사래 치는 동문도 있고 속도가 제각각이다.

산행을 마치고 햇살이 산등성이를 넘어갈 무렵, 귀갓길에서 총무는 마이크를 잡으며 20세 청년으로 돌아간다. 재치 있고 발랄하며 익살꾼이었던 그도 세월을 비껴가지 못했지만 진한 농담을 시리즈로 엮어 가며 노객 동문들에게 생기를 불어넣는다.

동승한 등산객도 바람을 안고 산에 오르느라 피곤하련만 휴식을 포기하고 우리 일행과 한 덩어리가 된다. 한창 분위기가 무르익는데 느닷없이 내 이름을 부르며 머쓱한 표정을 짓는 이가 있다. 순간 남·여 동문들의 눈망울엔 기(氣)가 번쩍이며 흥밋거리를 놓치질 않는다. "인기는 여전하군, 감춰 놓은 사람 있었네, 한 방 쏘면 비밀 보장이다."며 한마디씩 거들고 나서면서 미처 알아채지 못하는 내게 "치매 초기 증상이냐, 내 숭이냐."며 한바탕 웃어넘긴다.

동승한 등산객은 우리들의 오가는 이야기 속에서 40년 전에 듣던 이름을 기억해 냈다며 미국에서 살고 있는 인척의 소식을 전해 주곤 서둘러 불을 끈다.

그러고 보니 나는 이름으로 인해 갖가지 에피소드가 많다. 이름이 별스러워 놀림을 당하기도 하고, 전화번호부에서도 찾을 수 없는 이름인데 누구나 한번 들으면 암기를 잘한다.

공직 생활에서도 전출을 할 때마다 새 부임지로 발령장이 먼저 도착하면 남성이 해야 할 업무가 기다리고 있다. 족보 제작을 위해 관등성명을 찾아낸 종친회에선 전화로 목소리를 확인하곤 여자에게는 해당사항이 없다며 무례를 저지른 적도 있다. 얼굴을 마주친 적이 없던 사람도 통성명을 하고 나면 오랜 지인(知人)이나 된 듯 반가워한다. 소문이 여인네들의 입가에 한번 오르면 내려설 줄 모르고, 가속도를 내면서 삽시간에 퍼지니 행동거지가 늘 조심스럽고 스트레스가 쌓인다.

어려선 무안당할 때마다 부모님에게 볼멘소리로 이름을 바꾸어 달라고 졸랐다. "네 이름은 가문을 빛내고, 인후단정하며 정신과 자세가 바르다."며 이름의 속뜻을 풀이해 주시던 아버지를 이해하려 들지 않았다. 낯선 사람 앞에서는 선뜻 이름을 밝히지 못하고 우물쭈물하는 버릇도 생기고, 이름이 불릴 때마다 주눅 들고 자신감이 없어지곤 했다.

이번 겨울 산행 길에서도, 연락이 두절되었던 조카를 찾게

된 것도, 사람들의 기억 속에서 잊히지 않는 것도, 이름이 갖
고 있었던 위력 때문이었다. 어리석었던 지난날을 돌이켜 보
니 부모님께 투정을 일삼던 자신이 비로소 부끄럽다.

품바 공연

시골 장날에는 엿장수가 있어야 제격이다.

인파로 북적거리는 관광지와 온천장에서도 투박한 가위를 딸깍거리며 호객 행위를 하는 호박엿장수가 각설이와 함께 판을 쳐야 흥이 난다. 우스꽝스러운 옷차림과 피에로의 몸짓을 하며 징과 꾕과리, 북을 총동원하고 마이크 음을 높여 각설이 타령을 읊으면 어깨가 저절로 들썩여지니 신명나는 축제 한마당이 아닌가.

길을 가다 걸인을 만나면 무서움이 앞서서 줄행랑치던 때가 있었다. 누더기 옷에 산발을 한 채, 마을의 후미진 초막 상엿집에서 거적을 들치고 나서던 걸인 모습이 떠올라서다. 누런

이를 드러내어 희죽거리면서 뒤뚱뒤뚱 달려들면 초죽음이 되던 기억이 성장을 하고서도 지워지지 않는다.

마을의 대소사엔 빼놓지 않고 걸인 패거리가 나타나 대문 밖을 가로막으며 음식을 내오라고 떼쓰고, 대접이 시원치 않으면 행패도 불사하고 "한 푼 줍쇼."를 외치면 주는 이의 눈길이 곱질 않았다. 한땐, 보통 사람과는 달리 그들에겐 걸인 족보가 있는 줄 알았고 태생부터가 거지라는 인식이 뇌리에 박혀 있었다.

IMF 이후 나라의 금융 위기 속에 양산된 지하도의 노숙자를 보고서야 점차 생각이 바뀌었고, 걸인은 불확실한 세상을 살아가는 우리의 자화상이라는 것을 깨닫게 되었다. 깔끔하고 말쑥한 차림새로 어엿한 직장인이었던 가장이 남루한 걸인이 되어 스스로를 파산한 것을 보고서야.

가끔 '품바' 공연 광고가 눈에 띄었지만 부정적인 인식과 걸인 기피증으로 외면했는데, 친구 모임에서 결정한 단체 관람을 거절할 수 없어서 떠밀리듯 동숭동 소극장을 찾았다.

매표구가 북적거리는 것으로 보아 세간의 관심이 모아지고 있는 공연으로 짐작된다. 객석으로 들어서자 무대엔 북과 북채를 잡은 고수만이 덩그러니 앉아 있을 뿐, 무대 장식 하나 없는 허전한 공간이다.

이어서 각설이는 솔개가 날개를 펴 하늘을 덮듯 양팔을 번쩍 들어 비스듬하게 펼치며 등장하니 무대는 가득 차고 관람객의 어깨까지도 덮었다. 어릴 적, 우리 마을의 걸인인 듯 착시 현상이 나타난다. 배우 각설이는 검은 고무신짝에 찌그러진 걸통을 팔에 걸치고, 한 손엔 숟가락을 들었다. 축 늘어진 벙거지에 가린 얼굴은 꾀죄죄하고, 헝겊 조각으로 이리저리 기워 입은 복색은 영락없이 거지 행색 그대로이니 배우의 변장으론 일품이다. 입을 벌려 빠진 이를 드러내며 히죽이 웃는 꼴은 거리의 걸인과 다르지 않아 잠시 어색한 침묵이 흐른다.

각설이의 입에서 터져 나온 걸걸한 목소리가 무겁던 공간을 가른다. "너거들은 떼거지이여."라며 관객에게 내뱉은 일성은 오랫동안 들어 보지 않던 생소한 소리인지라 쉽게 삭혀 듣질 못해서 눈치 없는 표정을 내보였다.

'왕초 거지와 새끼 거지'의 관계를 다시 강조하며 공연을 시작하니, 순식간에 '떼거지'가 된 관객은 흐느적거리며 각설이의 찌그러진 걸통 속으로 들어가 헤어나질 못한다. 관객 모두가 거지 아비를 둔 셈이니 괴력의 입담이 아닌가. 순간을 놓칠세라 벌린 양팔을 간드러지게 흔들어 대며 유연한 몸짓으로 "얼씨구 씨구 들어간다, 작년에 왔던 각설이 죽지도 않고 또 왔네." 장단고저를 뒤섞어 가며 '해방가'를 읊으니 관객은 간데없고 왕초 거지 품에 안긴 떼거지들만 북적인다.

'장타령'도 이어진다. "우리 부모 날 낳아 곱게 곱게 길러서 큰 사람 되라고 하였더니 각설이가 웬 말인가……." 거지 팔자 넋두리에 떼거지들의 눈시울이 벌게지기도 하고, 구수한 입담으로 양반네를 꾸짖다가도 능청스런 풍자로 놀부 아낙의 흉내를 내면서 넉살을 떠니 웃음이 가득 고인 놀이마당이 아닌가. 한 섞인 각설이의 입방귀 품바가 쉼도 없이 이어지면서 모노드라마가 펼쳐지고 사이사이에 북을 두드리며 추임새를 넣고 징, 꽹과리로 울림을 이어 가는 고수의 역할이 무대 장식이고 흥을 살리는 퍼포먼스다.

현장에서 캐스팅된 관객은 대례복을 걸치고 머리엔 족두리를 얹어 혼례를 올리니 졸지에 각설이의 신부가 된 사이비 거지의 얼굴엔 행복이 가득하다. 놓칠세라 그 낌새를 포착한 떼거지들의 박수가 이어진다. 차마 노인을 내세워 동냥질을 시킬 수 없어서인지 젊은 남녀 관객을 끄집어내어 각설이 교육을 전수한다. 제법 야무진 입방귀가 될 때까지 "한 푼 줍쇼."를 연거푸 되뇌게 하니 새내기 거지의 탄생이라. 걸통을 쥐어주면서 실전에 돌입시킨다. 취업은 성공적이란다.

행여 기가 죽을까 염려해서인지 직업의식도 교육과정에 들어 있다. 권세가의 강도질도 아니고 야바위꾼의 속임수도 아니라며 한바탕 품바가 이어지고 왕초 각설이의 힘만 믿는 새끼 거지는 객석을 누빈다. '걸인 족보가 따로 있고 태생부터가 거지'라는 인식을 바꾸어 놓는 장면이다. 거지 '알바' 뛰고서 일당까지 받았으니 거지 돈을 받아든 그들에게 "거지만도 못한 것들."이라 둘러대며 신성한 노동의 대가로 여겨 가

보로 삼으라는 왕초 각설이의 능청에 웃음이 터진다. 여전히 각설이의 품바는 지축타령, 개꼬리타령으로 이어지고 흥겨운 민요도 한몫을 한다.

‘고동업’이 각색·연출한 ‘품바’는 실존 인물 각설이패 대장 ‘천장근’의 파란만장한 일대기를 엮었다. 제7대 품바 ‘김기창’과 제2대 고수 ‘김태형’의 공연은 1인 14역 명연기다.

일제강점기의 탄압과 가슴 터질 듯이 벅찼던 광복, 어수선하고 혼미했던 시기, 한국전쟁, 격변기의 세월을 거치며 거칠게 살아온 각설이의 날소리가 거침없다. 인생길 잘못 들어선 한많은 각설이, 부모 잃고 고아 되어 눈물로 지새우는 각설이를 대신해 삶의 애환을 풀어 준다.

부정을 일삼고 권력을 남용하는 이들에겐 가슴을 서늘케 하는 연극이며, 범인(凡人) 모두를 어우르는 신명나는 공연이다. 우리 고유의 탈춤이 주는 해학과 웃음, 사회에 경종을 울리는 쓴소리와 다르지 않았다.

20여 년 동안 4500회가 넘는 최다 공연 기록과 최다 관객 동원은 각설이의 선서를 실천으로 옮긴 의지 때문이리라.

하나, 쉼 없이 연구 노력한다.

하나, 긍지와 자부심을 갖는다.

하나, 국가와 사회에 봉사한다.

품바 공연을 관람하고 일어서는데 무릎장단이 절로 나온다.
그렇지, 내 인생도 걸인이고 말고.

야유회에서

나, 그대 곁에 머물러
보고 싶었노라고 응석부리는
당신의 구수한 투정을 받아 주어도 되는지요

나, 그대 곁에 머물러
들녘, 싱그러움에 취해 불그레하게 물든
당신의 얼굴, 무구한 눈빛을 쳐다보아도 되는지요

지금은, 느긋하게 뛰는 심박이긴 해도
쿵쾅거리며 뜨겁게 흐르는 당신의 열정
내 가슴에 담아 두어도 되는지요

나, 그대의 사랑을 머금은 행운아
연한 웃음을 입가에 띤 당신의 지킴이
오늘도, 당신이 불러 주는
내 이름이 메아리로 남아 있어서
외로움은 걷히고 안락한 하루가 되었어요

왁자지껄 대자연의 합창이 함성으로 울려 퍼지는 어느 날, 반백의 벗들이 반백 년 만에 야유회에서 만났습니다. 재빠른 몸짓과 활달한 보폭은 아니어도, 가슴은 얼른 알아보고 두 팔 내밀어 얼싸안고 맴도는 건 여전하네요.

방긋이 웃는 얼굴에 얄밉게 파인 보조개는 굵은 주름에 가려서 흔적조차 보이질 않아도 "얘, 쟤." 부르며 세월을 뛰어넘고 있습니다.

희미한 기억이 아물거려 조금은 불편하게 나날을 보내곤 했었는데, 젊음이 불질러 놓았던 사랑도 오해도 다 가 버린 줄 알았는데, 뇌리에 뒤엉켰던 거미줄은 말끔하게 걷히고, 환한 들창으로 한꺼번에 밀려드는 이야기에 취해서 거나하게 흥이 납니다.

마명리 산소에서

산야가 온통 연초록 옷으로 갈아입고 뽐내는 봄날, '마명리' 산자락 한 평 남짓한 터에 모셔져 있는 부모님을 찾아 나섰다. 야산 기슭이 수십 년이 흐르는 동안 사자의 땅이 되느라고 오르내리는 오솔길이 자주 바뀐다. 새로 들어선 분묘로 인해서 부모님의 유택으로 가는 길을 잃고 헤맬 때도 있다. 거기에는 행인이 쉬었다 가도 좋을 만큼 아늑한 곳에 육중한 돌무덤이 있어서 그 곁을 지날 때면 섬뜩한 마음이 들어 나도 모르게 잰 걸음이 된다.

한때 공동묘지 근처에서 피난살이를 한 적이 있다. 온 국민이 전쟁을 피해 남쪽으로 몰렸고 무작정 정착한 곳이 부산 천

마산 기슭, 일본인의 돌무덤이 수두룩한 곳이었다.

남달리 무서움을 타서인지 해가 지면 혼자서는 한 발자국도 옮기지 못한다. 학교에서 돌아오는 시간에는 마중 나와 달라고, 물 한 모금 마시러 갈 때도 동행해 달라고 떼쓰며 가족을 괴롭힌 기억이 난다. 지금도 석물로 치장된 산소엔 귀신이 살 것만 같아 두려움을 떨쳐 버릴 수가 없다.

바쁜 나날을 보내다가 시간이 여유로워지니 서울을 떠나 공기 맑은 곳으로 거처를 옮기고 싶었다. 우선 부지 선정을 위한 몇 가지 제한 조건을 정해 놓고 주말이면 서울 근교를 찾아다녔다. 부근엔 묘지가 없어야 하고 앞을 가리지 않는 전망 좋은 조건을 살폈으나 마땅한 장소도 없고, 주변 사람들의 만류도 있어서 시간만 낭비하고 뜻을 접어야만 했다.

대신 생각을 바꿔 주말이면 이곳저곳 교외를 찾아다녔다. 가는 곳이 모두 내 정원이지만 호화판 산소를 보면 나도 모르게 외면하게 된다. 나이 든 지금도 무서움은 여전하여 혼자서는 부모님 산소엘 가지 못하고 동생을 앞장세우곤 한다.

'어린이날' 이 되면 우리 자매는 합장한 부모님 산소에 카네이션을 꽂아 놓고 지난날을 더듬으며 제사를 지낸다. 동생과 나이 차이가 많으니 기억되는 부모님의 모습도 다르다.

한세상 고된 종부로 사셨으면서도 두 딸이 맏며느리로 출가한 것을 긍지로 여겼던 어머니, 외출할 때면 마카오 양복에 파나마 중절모와 반짝이는 구두로 한껏 멋을 내셨던 아버지, 가끔은 수동식 유성기를 틀어 놓고 어머니와 손잡고 왈츠를 추며 행복해하시던 두 분의 모습, 성년이 된 딸아이가 대견스러워 콧등에 힘을 주어 가며 양귀비에 비유하셨다고 지난 이야기 늘어놓으면 동생은 믿어지지 않는가 보다. 동생은 고달픈 삶을 살다가 떠나신 어머니의 잔상만 남았을 뿐, 아버지에 대한 기억이 없다고 한다. 기억하고 싶지 않아서다.

두 분께 술잔을 올리고선 무거운 입을 뗀다. 내년에는 윤달이 드니 산소를 이장하자고 조심스럽게 제의했다. 차마 입 밖으로 표현하지 못한 이야기다. 유택은 좌청룡 우백호 산세 좋고 양지바른 곳이지만, 시원한 바람 타고 훨훨 천상으로 날아가시는 것이 좋을 것 같아서다. 자매의 이야길 들으시면서 두 분은 벌써 창공을 향할 것 같다.

앞이 시원하게 트인 마명리 양지바른 언덕에 봄꽃이 한창이다. 보라색 제비꽃과 솜털이 보송한 할미꽃이 산들바람에 춤추고 하얗게 무리지어 핀 조팝나무가 활짝 웃고 있다.

화창한 봄날이 부모님을 사무치도록 그립게 만든다. 꿈에라도 한번 뵈었으면…….

강화도 동막골에서

갯가로 나갔다.

시월의 하늘을 차지한 한로(寒露)의 유혹을 뿌리칠 수가 없었다. 바닷바람이 콧등을 스치고 지나간다. 석양에 반짝이는 물비늘이 장관이다. 썰물로 속살을 드러낸 갯벌엔 바다 생물이 드나드는 구멍이 숭숭 뚫려 있고, 조개잡이 어민의 바구니엔 풍요가 넘친다.

밀물이 밀려들면서 어선이 미끄러지듯 포구에 와 닿는다. 개흙으로 뒤범벅이 된 바닥에 잡어가 섞인 그물망이 내동댕이쳐지면서 새우가 펄펄 뛰어오른다. 아낙들의 잽싼 손놀림으로 대하(大蝦)가 선별되고 거래는 삽시간에 끝난다.

갯가 비닐 천막촌에선 '탁탁 뿌지직' 소금 타는 소리와 함께 미식가들의 새우의 향연이 한창이다. 찬바람이 불기 시작하면 왕새우를 즐기려는 사람들로 북적거리는 곳이 강화 섬이다.

서울에서 강변을 따라 서쪽으로 두 시간 달리다 보면 김포를 지나 강화가 나오고, 영산(靈山) 마니산을 둘러싼 해변 길과 만난다. 섬 길을 따라 돌면 동막해수욕장과 군데군데 둥글게 쌓아 놓은 돈대가 한눈에 들어온다. 서해의 망망대해로부터 삶의 터전을 지켰던 옛 섬사람들의 숨결이 곳곳에서 들리는 듯하다.

바닷물에 잠길 듯 찰랑거리는 갯가의 서북쪽은 북한과 중국 땅이어서 물길 따라 밀려온 크고 작은 환란으로부터 자유롭지 않았던 강화도. 이곳에 있자니 800만 명의 관객을 동원했던 영화 「웰컴 투 동막골」의 영상이 겹쳐진다. 강화의 '동막골'에도 한국전쟁이 쓸고 간 비극의 현장이 많은 곳이다.

날씨가 개는 날엔 북녘 땅이 보인다고 고향땅 개풍을 바라보며 강화 섬에서만 살았다는 등이 굽은 동막의 '김 노인'에게서 전쟁의 아픔이 상기된다.

서울 마포에도 '동막'이 있다. 한 세기 전에는 한강의 나루터였고 교역을 담당하던 포구여서 '동막골'은 장안으로 닿는 유일한 젖줄이었다.

그곳에도 전쟁의 아픔이 서려 있다. 동막에 사시던 할머니의 서러움은 전쟁으로 몰락한 이 나라의 가정사다. 부러울 것이 없던 가정에 적군의 발길이 들이닥치면서 쑥대밭이 되었다. 충격으로 정신분열 환자가 된 그는 히죽히죽 웃고 헛소리를 해 가며 거리를 배회해도 거둬 줄 핏줄이 없었다.

한국전쟁이 발발하고 서울이 적에게 함락되었다가 다시 탈환할 때까지 그들의 통치를 받으면서 할머니의 아들은 자신이 판 구덩이에서 생매장을 당했고, 제 몸도 가누지 못하는 딸은 행방이 묘연해졌다.

대 지주였던 할머니는 검은 손에 의해 이미 사문서가 되어버린 쓸모없는 토지문서 보따리를 가슴에 품고 우리 집에 자주 들르셨는데 소식 끊긴 지가 몇 해가 지났다. 바람결에 들려오는 소문으론 할머니는 행려병자로 거리에서 돌아가셨단다.

전쟁의 끄트머리에서 한 많은 삶을 살다 간 비극의 주인공은 동막 할머니뿐이 아니다. 지금도 동족을 향해 겨누는 북측의 총부리가 서해 5도를 조준하고 있으니 간담이 서늘하다.

역사적으로 수많은 환란을 겪은 강화 섬이지만 지금은 평화스럽고 사람 냄새가 넘치는 곳이다. 갯바람에 실려 오는 짭짤한 바다 맛에 향수를 느끼는 나들이였다.

—

4장

고향의 맛

35년 만의 편지

내게 올 우편물이 남의 집에서 잠들고 있었다.

인편으로 전달 받은 편지는 발신인을 쉽게 알아볼 수 없다. 반송함을 여러 번 들락거렸던지 '주소 불명', '배달 불가' 라는 스탬프가 어지럽게 찍혀 있다. 조심스럽게 개봉한다. 낯설지 않은 글씨체다. 읽어 내려가면서 기억을 더듬는다.

밤바람이 쌀쌀한 늦가을, 친지와 연계를 맺고 있어서 자주 만나 볼 수 있었던 그가 전선으로 발령을 받자 데이트를 청해 왔다. 공원길을 함께 걸으며 편지 왕래를 약속했다. 하얀 종이 위에 내 맘대로 그림을 그려도 될 것 같은 해맑은 얼굴과 절도 있는 매너에 맘이 끌렸다.

바쁜 일정으로 인해 만남을 더는 가져 보지 못하고 그를 떠나보냈다. 우편 소통이 원활한 곳이 아니었기에 편지가 오가면서 서로의 정을 확인하는 데는 꼬박 한 달이 걸렸다.

내 답장이 위로가 못 되었는지 그의 편지 속엔 허전함을 호소하는 글귀와 동기생의 '피앙세'를 간간이 소개하는 내용이 실려 왔다. 나의 열정을 읽어 내지 못해서일까, 더는 소식이 없었다.

머릿속에 흔적으로 남아 있을 뿐, 잊혀질 만한 시기에 그가 불쑥 나타나 한마디 변명도 없이 본인의 혼사를 축하해 달라면서 청첩장을 손에 쥐어 주었다. 놀람을 간신히 감추긴 했지만 자존심이 상하고 부끄럽기도 했다. 그의 태도와 말 속에 도사리고 있는 의미를 알고 싶지도 않아서 내 부족함을 탓하며 말문을 닫고 발길을 돌렸다. 비밀스럽게 간직하고 싶었던 아름다움과 배신당한 수치스러움이 실타래처럼 엉켜 긴 세월 동안 풀어낼 수 없더니 언제부터인가 슬그머니 기억의 뒷전으로 밀려났다.

35년 만에 그의 편지를 읽는다. 가을이여서일까, 계절병을 앓고 있는 환자의 글귀다. 가슴앓이를 전하는 글 속엔 만나 보려고 여러 번 시도를 했다는 것과 젊은 날의 경솔한 판단을 사죄하며 용서를 구한다는 내용이다. 용서가 되지 않는다. 어머니의 간병으로 지친 상태였고 생계를 이어 가야 하는 책임감이 어깨를 누르고 있을 때여서 누구에게라도 위로 받고 싶은 때가 아니었던가.

그는 내게 있는 배경을 자신의 출세 도구로 쓰려는 야심가였다. 한때 기회와 담합하며 권력을 손아귀에 넣고 한바탕 휘둘렀던 자, 내 용서가 그에게 머물러서는 안 될 것 같다. 한 치의 여유도 없이 살았던 그때였기에 곱씹고 삼켜야 했던 아픔이 그 무엇보다 컸다.

세월이 지나고 나이가 들면 실없는 궁금증이 발동한다던가. 옛 연인이 본인 곁에 있으면 머리가 아프고, 불운하면 가슴이 아프고, 행복하면 배가 아프다던데, 당신은 어디가 아프냐고 앙칼지게 꼬집고 싶다. 청춘의 덫에 걸려들어 힘겨워하는 딸의 모습을 지켜보시던 어머니가 이런 사실에 어떤 반응을 보이실까 새삼 궁금해진다.

다시 마음가짐을 다듬어 본다. 이 나이에 용서 못할 것이 없지 않은가. 그의 목마름이 너무 오래 이어지는 것은 아닐까. 용서를 구해 온 지 한 해가 지났다.

오해가 쌓이고 갈등이 빚어졌을 땐 화해를 해야 하듯이, 용서하라고 머리에서 가슴으로 울림이 전해 온다. 용서하고 온전한 삶을 살고 싶지만 그 생활에 익숙지 않아서 마음고생이 크다. 이번엔 꼭 용기를 내어 작은 엇갈림으로 큰 오해를 불렀던 사연까지도 모두 용서하고 화해하련다.

그의 삶 속에 체증처럼 걸려 있었을 죄의식을 지워 주기 위
해 그의 편지를 다시 꺼내 들었다.

고향의 맛

고향에선 구수하고 곰삭은 맛이 나기 마련이다.

그런데 내 고향 서울에선 고향 맛이 느껴지질 않는다. 어릴 적 옛 마을 길과 마음 주고 받던 살가운 얼굴들이 바람에 실려 어디론가 떠나갔다. 새 지도가 그려진 그 자리엔 새 건물 낯선 얼굴들이 기세등등하게 버티고 있으니 타향살이가 따로 없다.

고향의 맛을 느끼고 싶을 땐 인근 야산엘 간다. 가을 산은 떠들썩해서 더 정겹다. 바람결에 바스스 가랑잎 날리는 소리, '툭' 알밤 떨어지는 소리, '떼구루루' 상수리 열매 구르는 소리, 바스락 산짐승이 움직이는 소리에 막혔던 숨이 한꺼번에 트인다.

내 전원교향악을 놓칠세라 서둘러 도봉산에 오른다. 빼곡하게 들어선 나무와 수북하게 쌓인 가랑잎 사이사이로 청솔모가 수선스럽게 숨어든다. 울긋불긋 화려한 등산복 차림의 산인들이 꼬리를 이으며 오르고 있으니, 가을 산은 더할 나위 없는 장관이다. 서로 눈인사는 나누지 않았어도 산에 오르는 마음이 같으니 모두가 이웃이고 그곳이 고향이다.

서울엔 틈나는 대로 산 나들이를 하는 사람이 많다. 건강을 지키고 여가를 즐긴다고는 하지만, 포근하게 감싸 주는 고향 맛을 느낄 수 있어서 걸음보다 마음이 앞서는가 보다. 인파로 뒤덮인 도봉산 등산로를 한 발의 간격도 없이 줄지어 오르는데 걸음이 빠르지 못한 나는 번번이 뒷사람에게 길을 내어주게 된다.

천천히 사방을 둘러보며 산야를 더듬고 음미하는 재미가 정상에 오르는 일보다 내겐 더 맛깔스럽다. 활엽수와 잡목, 뒤엉킨 억새와 교감을 하는 사이, 속 깊숙이 숨어 있던 빗장이 느슨해진다. 두 손을 비벼 대며 도토리를 깨던 다람쥐가 자그맣고 반짝이는 눈을 번득이며 화들짝 놀라 도망친다. 풀숲 사이에서는 새끼를 키우던 어미 새가 푸두둑 날아오르고, 물기가 흥건한 바위틈엔 솔이끼가 연록의 융단을 깔아 놓았다.

가랑잎 사이에서 윤기 흐르는 알밤 하나가 눈에 들어온다. 큰 횡재라도 만난 듯 반갑다. 허리를 굽히니 도토리가 지천이다. 주섬주섬 두 손 가득 줍다 보니 "산짐승의 겨울 양식이니 가져가지 마세요."라는 푯말이 둥치 큰 산 벚나무와 도토리나무에 걸려 있다. 산을 사랑하는 이의 마음 씀씀이가 예쁘다.

땔감이 부족했던 시절의 옛 산은 나무꾼의 횡포에 시달렸다. 껍질이 벗겨진 채 속살을 드러낸 나무, 낫에 잘려나간 어린 가지, 둥치까지 베어진 잡목, 갈퀴질에 가랑잎이 긁혀 나가 벌건 흙덩이를 내보이는 수모를 당하고, 가을 열매까지도 모두 인간이 차지했던 시절이 있었다.

지금의 산도 통증을 호소하긴 마찬가지다. 많은 사람에게 산행이 대유행처럼 되어 버린 요즘은 그들이 남기고 간 유산으로 인해 곤혹을 치른다. 예전처럼 산림 훼손은 아니라지만 무심하게 던져진 불씨로 인해 화상을 입어야 하고, 거칠게 짓밟힌 자리엔 쓰레기가 다발로 쌓인다.

미처 방제하지 못한 나무는 병충해의 침입으로 수명을 다하고 있다. 서둘러 치유해 보겠다는 산림청의 의지로 입산 금지 휴면 구역은 설정됐지만, 손쓰지 못해서 번진 유행성 질병으로 아름다워야 할 자연이 어처구니없게도 죽음의 나락 앞에서 버둥댄다.

산 중턱에 오르니 허리에 빨간 댕기를 동여맨 키 큰 나무들이 눈에 띤다. 어느 등산 동아리의 이정표쯤으로 여기면서도 모처럼 행보한 나를 반겨 주는 것 같아서 빙긋이 웃음으로 답한다. 빨간 댕기에 행운의 의미를 부여하며 가는데 참나무 군

112

락이 영접한다. 모두 가슴에 빨간 댕기를 달았기에 참나무 종친회쯤으로 여겼는데, 자연재해를 막기 위한 표시였다.

　악동 노릇을 하던 옛 생각에 잠시 머문다. 어려선 집 뒷산이 내 놀이터였다. 넓은 도토리나무 잎을 꿰매어 치마를 두르고 왕관을 만들어 쓰고 놀았던 기억이 있다. 도토리나무가 무성한 산은 내게 품을 내주고 고향이 되어 주었다. 도토리나무는 내 벗이었다. 잎의 생김새와 넓이, 열매의 크기에 따라서 이름이 제각각이다. 상수리참나무, 졸병참나무, 굴참나무, 가을 산을 울긋불긋한 단풍으로 장식하는 갈참나무, 신갈나무, 떡갈나무가 곱게 물들면 가을 산은 더없이 화려하다.

　이번 산행에서 만난 도봉산의 참나무는 잎이 싱싱하지 않다. 무성해야 할 나뭇잎이 누렇게 떠서 마지못해 매달려 있는 것처럼 보인다. 금방이라도 바삭 부서질 것 같다. 수북이 쌓인 낙엽 위로 허리 잘린 대목들이 힘없이 꺾여 나뒹굴고 있다. 단단해야 할 나무가 피부병을 앓고 있는지 으스러져 흰 가루를 뿜어낸다. 토막 난 나무는 화상을 입은 환자처럼 비닐로 씌워진 채 땅에 반쯤 묻혀 있다. 주위를 살피니 병충해 감염 표지가 보인다. 빨간 댕기를 동여맨 참나무는 모두가 ‘흰 가루 마름잎병’ 감염수다.

　산에 오를 땐 들뜬 기분으로 발걸음을 옮겼는데 가슴에 찬바람이 인다. 감염 지역은 방제 약을 대량 살포해도 소용이 없단

다. 미리 방제를 해야 했는데 호미로 막을 일을 가래로도 못
막은 격이다. '흰 가루 마름잎병'이 전국 참나무 군락지를 예
외 없이 휩쓸었단다.

고향의 맛을 찾아 나선 하루, 성난 자연 앞에서 돌보고 보살
피질 못한 우매함에 고개를 숙여야 했다. 입안 가득히 쓴맛이
돈다.

그해 4월

거리가 온통 매캐한 냄새로 가득했던 그해 4월, 대학생이 된 나는 뒷산으로 골목길로 몸을 감추어야 했다.

서울의 거리는 시대의 격변으로 몸살을 앓고, 구호를 외치는 군중의 시위는 끊이지 않았다. 시위대의 어깨는 몽둥이에 휘둘려 시퍼렇게 멍들고 대학병원은 붕대를 칭칭 감은 환자들의 신음 소리로 조용할 날이 없었던 그해 4월.

그래도 봄은 왔다. 봄꽃이 창경원에 흐드러지게 피었고, 삼청동 뒷길은 개나리 진달래로 온통 노랗고 붉게 물들어 있어서 그 고난의 긴 시간을 참아 낼 수 있었다.

오늘의 젊은이도 숨통을 틀 수 있는 파라다이스가 있으면 좋겠다.

4월 초하루가 되면
내 가슴엔 노란 개나리가 지천으로 핀다

대학생이 되던 날,
명륜당 돌담을 뒤덮고 흐드러지게 핀 그 개나리꽃이
수줍은 처자의 뺨을 발그레하게 물들인
그해 4월의 봄꽃,
진달래가 주체하기 힘든 젊음을 껴안고 입맞춤을 한다

끈끈한 정이 그리워
반세기가 지난 오늘도
다시 4월의 문을 두드린다
긴 날을 곰삭혀 두었던 사랑이
진한 향으로 몸속에 스민다

잃어버린 사진기

사진첩을 정리해 본 적이 언제인지 모른다.

사진을 찍고 인화해서 한번 보곤 까맣게 잊고 지낸다. 전엔 손님이 방문하면 자연스레 가족 사진첩을 내보이곤 했기에 정리가 필수였다.

바쁜 생활의 연속인 요즘은 집 밖에서 약속이 이루어지니 사진첩을 펼 기회조차 없어서 정리해 두어야 할 한 가지 이유가 사라진 셈이다. 쉼 없이 날아다니는 정보를 건져 내는 번거로움에 매달리다 보면, 지난날의 추억을 반추할 틈이 나지 않으니 변명 구실로는 그럴듯하지 않은가.

정리는 아무나 하는 것이 아니다. 미적 감각이 출중하고 차분한 성격이 동반되어야 하며 애착과 관심, 눈썰미가 있어야 한다. 구석구석에서 정리하지 않은 사진이 튀어나와 나뒹굴고 있어도 눈길 한번 주지 않으니 내 병명은 '자질결핍증' 이라고 해 두자.

젊어선 가는 곳마다 주변의 경치는 안중에도 없고, 사진기 앞에 서서 포즈 취하길 좋아하는 사진 광(狂)이었다. 그때도 사진첩 정리에는 크게 관심을 두지 않았다.

결혼하고 가내 대소사를 주관하다 보니 사진 찍는 것조차도 아련한 추억이 되었다. 그것도 전염되는지 남편도 사진에 관심을 기울이지 않아서 집엔 쓸 만한 사진기가 없다.

지난 봄, 구례의 '산수유축제' 에 다녀오느라고 기차를 탔는데 젊은 부부와 살결이 뽀얀 예쁜 아기가 앞에 앉았다. 아직 어휘를 이어 가질 못하는 세 살도 채 되지 않은 아기는 아빠의 목에 걸린 사진기를 벗겨 거꾸로 들더니 렌즈에다 제 눈을 들여대며 셔터를 누른다. 아기의 사진 찍기 시늉을 보던 엄마는 사진기를 바로 잡아 주지만, 아기는 다시 렌즈에다 눈 맞추기를 반복한다.

엄마의 간섭이 멎었다. 아빠가 아기의 모습을 사진기에 담을 때, 렌즈가 제 눈과 마주쳤을 터이니 아기는 눈에 비친 그대로 사진을 찍을 것이다. 눈에 보이는 대로, 귀에 들리는 대로 행하는 천진무구한 아기는 내게 가식 없는 의식 세계를 일깨워 준 천사였다.

나이 든 사람들 사이에선 쭈그러진 얼굴을 사진에 남기기 싫다는 이유로 사진 무용론이 대세인데도 우린 사진기를 구입했다.

그해 여름 미국 여행을 계획하고서 차근차근 준비했다. 사진기와 충전용 전지도 빠뜨리지 않았다. 사진기 다루기가 어색한 우리는 기념이 될 만한 곳을 틈틈이 영상으로 담으면서 조작을 숙지했다.

수십여 년을 같이 생활하면서 성격과 습관 차이로 마음에 상처는 있지만 그런대로 감정을 누르며 살아가는 부부의 여행 길. 사진기로 인해 우리는 옛정이 새록새록 솟아나기라도 한 걸까. 서로 마주 보고 '치-즈'를 연발하며 셔터를 누르니 뭉쳐 있던 응어리가 풀린다. 마치 여름날 녹아내린 버터처럼 번들거리는 윤활유까지 곁들이면서.

모처럼 얻은 화해 무드를 유리컵처럼 조심스럽게 다루었는데, 귀국길에서 사진기의 행방이 묘연했다. 서로의 가슴은 뚫린 상처에 바람 들 듯 쓰리고 서늘하여 말을 잊고 빈 하늘만 올려본다. 위로의 말조차도 거북스러워서다.

사진기로 인해서 인생 좌표가 흔들린 동창생의 일화가 생각난다. 여고 수학여행 때였다. 팀을 조직하고 조별 활동 계획을 세우면서 필요한 물건은 서로 나누어 지참하기로 했다.

한 친구가 대여점에서 사진기를 빌려 왔다. 저마다 찍은 사진 대금으로 소요 금액을 충분히 지불하고도 남을 것이라는 계산이 앞선 친구다.

부모님의 통제가 일상이었던 시절이라 처음으로 집을 떠난 여고생들은 분봉하는 벌 떼 같았다. 고적 답사의 하루 일과가 끝나고 나면 다시 색다른 문화가 전개된다. 취침 시간은 아예 없다. 흥분된 상태에서 윙윙거리며 마구 쏘다니고, 남의 침실을 습격하는 결례를 재미로 여긴다. 인기 많은 남자 선생님의 구두는 아궁이행, 피곤해서 눈을 감으면 어느새 얼굴은 낙서장이 된다.

사진기가 잘 간수될 리 없었다. 친구는 분실된 사진기의 보상비를 지불하느라고 대학 등록금을 고스란히 바쳐야 했다. 부모에게 알리지도 못하고 사이비 대학생 노릇 하다가 끝내는 최종 학력이 여고 졸업이다. 사진기에 한이 서린 친구는 회갑연에서 지난 세월을 회상하며 눈시울을 붉혔다.

우린 여행길에서 사진기만 잃어버린 게 아니다. 여행길의 여운이 씁쓸했다. 의기소침할 일이 아니라고 자위하면서 여름 휴가 계획을 다시 세웠고, 호주와 남태평양에다 발자취를 새겨 두고 왔다.

촬영한 기념사진은 제때 정리하여 컴퓨터의 사진방에 저장해 두었더니 집안이 한결 깔끔해 보인다.

추억의 사진 한 장

강변 둔치의 새벽은 활기가 넘친다.

조깅을 즐기는 노익장, 롤러스케이트를 타는 젊은이, 축구 경기로 친목을 다지는 마을 청년들이 강변의 아침을 연다.

그곳에선 마라톤 대회도 종종 볼 수 있다. 젊은이들의 향연이다. 대회장의 출발 신호가 떨어지면 쩍 벌어진 가슴으로 아침 공기를 가르며 내달리는 모습이 영락없이 화사하게 핀 꽃밭이다. 미풍에 일렁거리며 춤을 추는 코스모스 무리 같기도 하고, 태양을 품고 맴도는 해바라기 밭 같기도 하다.

완주의 꿈을 안고 달리는 주자를 볼 때마다 가슴이 벅차오르고 눈물까지 흐른다. 탐스럽게 핀 젊음이 긴 여운으로 남아서 그런가 보다. 가족 중엔 운동선수가 없어서인지 그들이 늘 좋아 보이더니 이젠 욕심까지 생겼다.

이슬이 내려앉은 이른 아침, 철봉에 매달려 입김을 내뿜으며 묘기를 연출하는 젊은이, 사이클 페달을 밟으며 경사진 고갯길을 거침없이 넘는 경주자, 그런 건장한 청년을 내 가족으로 맞이하고 싶은 것이다.

지난날의 내 어머니도 그랬다. 훤칠한 키에 건강미가 흐르는 청년을 대할 때마다 이리저리 가늠하며 사윗감으로 점찍곤 했다. 자식 자랑은 배냇병신이라고 말씀하시면서도 지인을 방문할 때마다 보란 듯이 딸을 앞세웠다. 딸의 외모에 관심이 많았던 어머니는 구김살 없는 옷가지를 입히려고 정성들여 다림질하고 옷매무새를 단정히 하라고 가르쳤다. 딸의 모습을 거리의 스냅 사진사가 렌즈에 담아 보내 주면 파안대소하며 기뻐하셨다.

첫눈이 내린 날이었다. 불청객이 집안으로 불쑥 들어서더니 계면쩍어하면서 내 앞에 연녹색 장갑을 내밀었다. 단단히 각오하고 용단을 내린 자세였다. 강의실에서 가끔 보던 얼굴이었다. 시험문제가 항상 까다로워 학생들에게 원성 사던 교수의 전년도 기출문제를 던져 주고 말없이 가 버린 선배.

사진이 취미라며 모델이 되어 달란다. 가까운 고궁으로 향했다. 눈이 소복이 쌓인 덕수궁의 뜰은 참새 발자국조차도 찍히지 않은 순백이었다. 선배는 카메라를 들이대면서 수도 없이 셔터를 눌러 댄다.

훗날 알게 되었지만 그는 태릉에서 배 농사짓는 어머니를 졸라 라이카 카메라를 구입했고, 고궁의 설경을 배경으로 사진 속의 모델을 찾아온 거다. 그 기억은 지금까지도 남아 있어서 첫눈은 12월 2일에 내린다고 믿는다.

아들의 작품을 받아 본 그 어머니는 사진 속의 여인이 남 같지 않았던가 보다. 모자의 합동 공세가 그해 겨울 내내 펼쳐졌다. 어머니는 김이 무럭무럭 나는 고사떡을 아들 손에 들려 보내는가 하면, 선배는 다음해 2월에 실시하는 약사 국가고시의 예상문제까지 제공하는 친절을 보였고, 여학교 시절의 성적을 조회하는 치밀함도 잊지 않았다.

그가 ROTC 장교로 군복무를 끝마치고 돌아올 때까지 노모의 기다림은 계속되었지만, 그 모자의 마음을 헤아릴 만큼 생각이 깊지 못했다. 끝내 마음을 열지 못했고, 모자는 가까이 다가오지 않는 사진 속의 여인을 아쉬워하면서 마음을 접었다.

20년의 세월이 흘러 기억에서도 희미해진 그 선배가 어느 날 근무지로 찾아왔다. 예나 다름없이 수줍어하며 어색한 표정을 짓는다. 그의 하얀 손에 들려 있던 사진 한 장을 주며 노모가 간직했던 사진이라 했다.

대대로 농사를 지으며 살아오던 태릉 배 밭을 정리하고 이사 하던 날, 아들을 넌지시 불러 청동화로 밑에 넣어 두었던 사진

을 건네주면서 여인의 소식을 묻더란다. 모정은 아들의 아픈
사연까지도 가슴에 꼭꼭 묻어 가며 긴 세월을 지켜 냈던 거다.
그는 사진을 받아 든 내 손이 떨리고 있는 의미를 알았을까.

무언의 의미

봄맞이가 성급했나 보다.

갓 핀 개나리가 눈 속에서 바르르 떨고 있다. 만물을 꼼짝 못하게 하던 동장군의 심술인가. 꽃 순이 얼어붙고 속살이 훤히 비친다. 예년 같으면 산야가 연분홍의 융단으로 깔려 있어야 할 4월. 계절이 달포는 늑장을 부린다. 찬 공기가 머리 위에서 출렁이니 옷깃이 여며지고 발길이 빨라진다.

지난날의 4월은 봄볕이 따사로웠다. 산수유 가지마다 노랑으로 물들고, 시샘이라도 하듯 백목련이 배시시 고개를 내미는 봄날이면 캠퍼스는 청춘의 물결로 흥건하다.

긴 통제의 덫에서 벗어난 풋내기들은 새 여왕벌을 따라 분봉 길에 나선 벌 떼처럼 교정을 휩쓸며 윙윙대고 찬가를 부른다.

삶의 질을 바꿔 놓고 또 다른 신분을 보장하는 캠퍼스 생활이기에 학자금이 부족하고 생활은 가난해도 꿈이 야무진 청년의 호연지기는 하늘을 찌른다.

생소함에 호기심이 발동한 새내기 때를 생각해 본다.

무심코 교정을 가로 지나다가 자칫 뭇 눈의 관심사가 되어 자유롭지 못할 때가 있었다. 그중 풋내기 사진 애호가도 한몫을 했다. 캠퍼스의 생활이 스냅사진이 되어 돌아오길 여러 번. 포토의 앵글은 K와의 인연을 맺게 해 주었다. 자연스럽게 등하교를 같이하게 되고, 가끔은 강의를 빼먹고 영화관으로 찻집으로 무교동의 낙지 골목을 누비기도 했다.

무거운 텍스트를 들고 언덕바지 강의실로 옮겨 다니면서 깔깔거리는 모습, 흰 가운을 걸치고 실습에 전념하는 모습, 창경원 돌담을 뛰어넘어 도둑 산책을 하는 모습, 생소한 생약의 학명을 외우며 명륜동 산자락에 누워 족히 몇 섬은 될 꿈을 나누던 모습은 반백 년의 흔적이다.

어느 집단이나 앞에 서는 리더가 있기 마련이다. 먼 길을 떠나는 철새도 이동 시엔 리더가 선두에 서서 방향을 정하고 무리를 이끈다. 낙오자를 줄이고 생존을 위해 최선을 다하는 모습이 믿음직스럽듯 그는 내 삶의 믿음이고 나침반이었다.

조용한 성품의 K는 야무진 계획성과 조신한 몸가짐으로 언제나 내 앞에 서 있었다. 매사에 느긋하고 좀처럼 자신을 내보이지 않으며 먼저 결단 내리는 일도 없었다. 조금은 무질서하

126

고 급한 성격에 일부터 저지르고 나서 후회하는 내게 그는 무 언으로 길을 안내한다.

그는 이성 앞에서도 언제나 승자다. 끈질기게 구애하는 이 성을 상처 없이 되돌려 보내는 수완이 남다르다. 빈 수레가 요란하듯 내 곁을 떠나는 이성은 요란한 분풀이를 하지 않았 던가.

가족의 붕괴로 숨 막히는 고통이 있어도 외유내강이 흔들리 지 않던 그가 탄성의 한계를 잊었나 보다. 병마조차도 그 앞에 서 고개 숙였을 것 같은데 100일을 버티다가 하얀 깃발을 들 어 버렸다.

봄맞이가 성급했던 그는 당부의 말 한마디도 남기지 않았 다. 꽃샘바람에 옷깃이나 제대로 여미고 떠났는지. 더 이상 움 직이지 않는 나침반을 들고 무언의 의미를 헤아려 본다.

화가의 긍지

알고 지낸 지 30년이 훌쩍 넘은 친구가 있다.

철저하게 수신제가(修身齊家)하는 여인이다. 서양화 비구상이 그녀의 전공이고 수회에 걸쳐 그룹전과 개인전도 펼쳤다. 그녀는 순수 미술을 사랑하는 화가다.

우주가 주제이고 생명의 근원인 태양이 늘 그녀의 그림 속에서 갖가지 양상으로 머물고 있다. 잉태의 신비를 강렬한 색상의 조화로 표현하고 있어서 그녀의 그림 앞에 서면 장엄하고 애잔함이 흐르는 미사곡을 연상하게 된다.

오르세 미술관에서의 느낌과도 다르지 않다. 화가들의 모임에선 높이 평가받는 그림이면서도 외부로 유출하길 꺼려한다. 자신의 그림이 미숙하다고 여기기 때문이다. 그림 한 점을 넘거주면 생활에 여유가 생길 텐데도 양심을 지키려 애쓴다. 겸손하면서도 당당한 자세가 넘볼 수 없는 성역 같은 여인이다. 그녀에게서 화가의 긍지가 느껴진다.

진정한 예술가, 화가인 그녀로서는 나라를 벌통 쑤시듯 흔들어 놓은 큐레이터 S를 용서할 수 없을 것이다. 세상을 계산기로 두드리며 금전만능의 가치관을 지닌 공직자 B도 이해하기 어려울 게다.

그녀에게서 고고한 예술혼이 느껴진다. 그녀와 반평생을 벗하며 지내다 보니 내게도 그림을 아끼는 습관이 배었다.

여름 더위가 기승을 부리던 날 미술관을 찾았다. 녹색을 바탕으로 그려 낸 그림에서 벗을 떠올릴 수가 있었고, 그림을 사랑하시던 아버지의 냄새가 콧속을 스치고 간다.

그분은 조선조 말기 개화의 물결을 타고 일본 유학을 하였다. 궁궐에서도 하급 대우받는 그림을 전공하고, 환쟁이라는 칭호가 그의 이름을 대신했다. 조선을 삼켜 버린 일제강점기가 지속되던 때, 격랑의 세파에 휩싸인 그는 전문 화가로서의 명성을 뒤로하고 응용미술 분야로 관심을 돌렸다. 초창기 조폐공사 정판부에 몸담으면서 화폐 원판 분실 사건으로 인한 고초가 그에게 은둔의 세월을 안겨 주었다.

환쟁이, 사흘에 피죽 한 그릇도 얻어먹지 못한다고 천대를 받았던 직업이 아닌가. 결혼할 때도 딸을 내어 주기 꺼려하던 장인의 멸시가 심해지자 처가를 멀리하고 홀로 향리의 터에 기대고서 시간 낚기를 몇 해.

선산에 꽂아 놓은 묘목이 푸른 잎을 너울대며 자랐고 밭뙈기의 땅콩이, 뒤뜰에 가득한 갖가지 유실수와 화수, 어미 닭 둥지의 따끈한 계란이 그를 품으며 초야의 생활을 도왔다.

말이 빠르고 질문이 많아서 귀찮기도 했을 호기심 덩어리 딸이 그의 그림자였으니 부녀간의 애틋한 정을 높고 깊음으로 가늠하기 어려웠으리라.

그가 머물던 향리, 관악산 자락에 전쟁이 몰려왔다. 마을의 청년들은 인민을 외치며 극좌로 쏠리고 붉은 완장이 논길 밭길을 오갔다. 1950년 9월 28일 아군의 서울 수복으로 전쟁터는 북으로 밀려가고, 새우처럼 등을 말고서 지하실에 머물던 그는 태극기를 그려 만삭인 아내의 손에 쥐어 주며 관악산으로 올라가 유엔군을 환영하도록 했다. 유엔군을 반겼던 마을은 다행히 불바다를 면할 수 있었다.

전쟁이 백성을 남쪽으로 몰고 있었기에 부산에다 터 잡고 피난살이를 시작하면서도 응용미술의 탁월한 솜씨를 발휘하며 장인(匠人)의 긍지를 보여 주기도 했다. 지금은 복사기의 발달로 인해 사양길에서 흔적도 찾아보기 힘든 '사진제판' 업이 주업이면서 그림에서 손을 떼지 않았다.

불빛이 환하게 비추는 수정대 책상에 눈을 마주 대고서 붓끝을 움직여 가며 작품을 수정하였으니, 지금에서야 그분의 고

충을 어렴풋하게나마 짐작하게 된다. 사진제판의 기술로서는 뉘의 추종을 불허하던 그분에게도 위조품 제작의 유혹이 끊이질 않았고, 겨우 밥거리나 할 수 있는 영화관의 포스터 제작, 달력의 그림, 카드 제작으로 가계를 이어 갔다.

이승만 정권 하에선 같은 업을 하는 이들에게 경찰관의 집안 수색이 수시로 있었지만 그들의 빌미에 걸려들지는 않았다. 화가로서의 긍지가 대단하셨던 그분이었기에.

초창기 국전 입선작품인 「청룡 항아리」 유화 한 점이 색 바랜 그림으로 남아 볼품은 없어도 가끔 먼지를 떨어 가며 그분의 향기를 느낀다. 그분의 생보다 10년 더 세상살이를 하였건만 그리움의 색깔은 짙기만 하다.

「청룡 항아리」를 다시 표구하여 '모네' 미술작품전에서 구입한 「수련」 옆에 나란히 걸어 놓으니 빛이 더한다. 하늘과 구름, 나무와 녹음, 잎새의 떨림까지도 한곳에 머무니 대자연이 따로 없다.

5장

고목의 새순처럼

고목의 새순처럼

월암동에 시 관할 보호수인 수령 600년 된 느티나무가 있다.

오수를 떨쳐 내지 못해 몸이 나른해지는 날에는 느티나무 곁으로 가서 잠을 쫓는다. 수많은 이파리들이 바르르 떨며 바람을 일으키면 명약을 마신 듯 정신이 맑아진다.

풍요 속에 빈곤이라고나 할까. 사람 속에 묻혀 지내면서도 대화의 상대가 없을 때는 느티나무와 벗하면서 속내를 털어놓고, 고목이 되기까지 겪었을 무수한 사연을 상상해 본다.

만고풍상에 시달리느라 곁가지가 잘려 나갔을 테고, 무지한 사람들에게 할퀴고 뜯기어질 때마다 받았을 고통은 볼품없이 터져 있는 등껍질이 대변해 준다. 스처 가는 사람들이 풀어 놓은 허다한 사연을 기억 속에 묻으며 홀로 늙고, 침묵하는 고목이기에 그 앞에 서면 저절로 숙연해진다.

40년 직장 생활을 뒤로하고 귀로에 설 때 침묵하는 그에게서 답을 듣고 싶어졌다. "고집스럽게 외길 한길만을 걸었던 나날들이 참이었느냐."고.

취업은 별 따기다. 대학을 졸업하고도 실업자가 허다한 것은 지금뿐이 아니다. 구차하여 끼니 때우기가 어려워 인력을 외국으로 수출하던 시절, 밤을 설치는 공상은 이어지지만 손에 잡히질 않아서 '백수'라는 등번호를 달고 금쪽같은 젊음을 낭비하다가 간신히 사회 속에 둥지를 틀었다.

요즘 대학생들은 취업하기 위해 필요충분조건을 갖추느라 밤을 밝히지만, 느슨한 시대에 살던 우리 세대는 '라이선스' 하나만 있으면 다 이루어지는 줄 알고 기르고 가꾸지 않은 과수에 열매가 맺어지길 기다리는 형국이었다.

대학 생활을 통해 겨우 책 몇 권으로 무장한 새내기들에게 직업전선은 요구하는 것이 많았다. 얇은 지식으로 대응하고 견제하기는 버거웠다. 시험, 자격증 획득, 각종 연수, 갈등, 승진 등 자리를 지켜야 하는 안간힘은 아픔이고 고통이지만 삶의 동력이 되어 주었다. 끊임없는 욕구를 충족시키고 자아실현할 수 있었던 것은 덤으로 얻은 보너스였다.

세월이 훌쩍 흘러갔기에 자리를 털고 일어서야 할 시간이 되었다. 노병은 죽지 않는다 했던가. 저마다 흩어져 직업전선에서 평생을 종사하던 친구들이 비로소 얻은 자유의 몸으로 의기투합하여 모임을 만들었다. 모습은 달라졌지만 학창 시절의 그 멋을 재탕하면서 즐거워한다.

곱던 용모와 패기가 충만하던 청년 시절을 다 떠나보내고, 고목의 등껍질처럼 볼품없는 주름살을 훈장으로 내세우며 정오가 되면 이 밥집 저 밥집으로 몰려든다. 수다가 업이고 화두는 노년기의 '웰빙'이다. 화살처럼 빠른 세월을 잡을 수 없기에 수다들의 모임은 잦아지지만 빈자리는 소문 없이 늘곤 한다.

옆자리가 비었다. 친구가 악마의 덫에 걸려들었다. 세차지 못하고 무던하기만 한 그녀를 병마가 먼저 낚아챘다. 수다들은 입을 꾹 다문 채 세찬 바람을 안고 병원으로 향하는 제방 길을 걷는다. 머지않아 닥쳐올 자신들의 모습을 떠올리니 발길이 무겁다.

부기로 온몸이 팽팽해졌고 황달이 지나서 흑달이 된 그녀를 보는 수다들은 덧없는 삶 앞에서 훌쩍거린다. 족히 수년 세월을 갉아 낸 듯 어깨를 축 늘어뜨리고 뒤뚱댄다. 곧 그 자리에 주저앉을 기색이다.

그녀는 일생을 생명의 파수꾼이 되어 수많은 환우에게 등불이 되어 주었다. 상냥한 미소로 건강을 상담해 주며 화석처럼 약국을 지켰을 뿐인데, 아이러니하게도 약물중독으로 쓰러졌다. 간 속을 지나는 담즙 관에 이상이 생겨 피부는 온통 상처 투성이고 가려움증으로 전신은 피딱지로 덮였다. 혼자 힘으론 수신을 가다듬을 수 없어서 남의 손에 맡겨졌다.

합장하고 간절한 기도를 올려 보지만 언제쯤 응답이 올 건지 기약이 없다. 말문을 닫아 버린 그녀에게 생명줄을 놓기에는 너무 이른 나이라고 애걸해도 무표정이다. 고통스러워하는 심호흡 소리만 병실을 가득 메울 뿐.

기적은 어디쯤 오고 있는 걸까. 봄이 되니 수백 년 묵은 고목에도 연록의 새순이 돋아나고 있다. 친구의 건강도 고목의 새순처럼 희망이, 기적이 돋아나길 기도한다.

백수 탈출기

백수가 과로사를 한다는 말에 고개가 끄덕여진다.

늘 자유로운 시간이 그리웠다. 하고 싶은 것, 갖고 싶은 것, 보고 듣고 싶은 것들을 차곡차곡 치부하며 나만의 시간을 기다리길 수십 년이다.

내게 자유 시간이 온다면 무지함에서 벗어나고, 모자람을 채우고 싶어서 그 첫째를 독서로 정했다. 수다 떨며 전형적인 여인네로 사는 벗들과 어울려 보는 여유, 강박에서 벗어나는 느슨함을 다음으로 정했다.

직장을 내려놓는 날, 앞을 분간 못할 만큼 세찬 소나기를 닮은 자유가 쏟아졌다. 과유불급이라 했던가. 생각과 현실의 괴리감을 염두에 넣지 않았던 것이 낭패였다. 남는 시간을 감당

못해 깊은 잠 속에 머무는 것만이 내가 할 수 있는 일의 전부였다.

갈망하던 자유 앞에서 그 많던 계획들이 물거품이 되어 부서진다. 혼자서는 아무것도 할 수가 없으니 세상을 너무도 모르고 살았다. 철부지는 경륜과는 상관이 없나 보다. 자립이 얼마나 어려운지 피부에 와 닿는다. 마련과는 달리 생각은 멀어지고 눈에선 글씨가 겉돈다. 머리는 지끈거리고 나들이가 귀찮아진다. 사방이 꽉 막힌 공간에서의 나날은 독방 감옥과 다르지 않다. 퇴임하고서 경험한 여백의 조각들이 곳곳에서 나뒹군다.

문득 옛 철인의 '자신을 알라' 는 소리가 귓가에 맴돈다. 더 이상은 지체할 수가 없어서 무작정 보건소로 향했다. 치매 검사를 의뢰하니 느닷없이 집주소를 말해 보란다. 전화번호를 묻는 질문에서도 머뭇거렸다. 정밀 검사를 해 보라는 답변이 돌아왔다. 무섭게 달려드는 건망증과 우울증상에서 자유롭지 않았다.

망각의 노예로 살기엔 삶의 흔적들이 너무 아깝다. 무력함과의 대적은 누구도 도와줄 수 없는 나만의 몫이기에 백수 탈출기를 궁리했다. 바쁘게 살면서 외로움을 몰아내는 방안이다. 인간 파라오에게 시달리는 백성을 해방시키기 위해 모세가 시도한 탈출기와는 다르지만, 생활의 활력소를 얻자면 내가 선택한 백수 탈출기에 충실이 관건이다.

헬스클럽을 내 집처럼 드나들면서 건강 다지기를 한다. 나이는 잊고 학원에 등록하여 학생으로 돌아간다. 젊은이의 기(氣)가 내게 옮겨 올 것이 분명하다. 짧은 영어 실력도 좋아지겠지.

예술과 문학회에 정기회원으로 가입하고 전시회, 연주회를 통해 예술 감각을 놓치지 않는다. 신앙생활 모임에 참여하고 기도와 봉사를 생활화한다. 요일별 모임 갖기, 여행 스케줄에 참여하기, 가끔씩 헛소리하며 세상사 이야기하기, 찜질방에서 요지경도 구경하련다. 시중에서 유행하는 난센스에 귀 기울이며 한바탕 웃어 대면 생활의 윤활유로선 최고급이다. 더구나 얄미운 여(女) 시리즈에서 주인공이 될 때면, 콜라겐의 효과와 다르지 않다. 잠시나마 나이를 잊으니까. 주말엔 가족과 함께 나들이하는 스케줄은 내 시간 중에 백미다.

백수가 졸도할 만큼 바쁜 탈출기지만, 한 줄을 더 삽입해야 한다. 건강에 빨간불이 켜진 그녀에게 '멘토'가 되어 주는 일이다.

일생을 10여 평 남짓한 공간에서 약국 운영을 해 오던 벗이 시든 오이처럼 흐느적거린다. 무호흡증, 심장질환으로 병원을 들락거리더니 뇌수술을 받고 치료 중에 있다. 거동이 느려지고 어지럼증, 어리광증이 두드러져 보이고 어깨가 늘어져 있다. 그는 직업전선에서 물러나야 할 건강 적신호가 확연한데도 약국 셔터를 내리지 못하고 서성인다. 변화가 두려운 그녀는 외로움과 맞설 엄두가 나질 않는 모양이다.

직장 생활에서 물러날 무렵, 내겐 퇴임 후의 생활을 알맞게 가이드할 만한 멘토가 없었다. 대안으로 동병상련의 모임을 만들고, 만남을 통해 지난날을 되새기며 고적함을 달래 보지만 허한 가슴을 채우진 못했다.

그녀에게 쓸모 있는 '멘토'가 되련다. 그녀의 두려움에 내 경험을 버무려 가슴에 채워 주면 신호등은 파란불로 바뀔 테니까.

요즘 수명 100세가 화두다. '시니어'에겐 오래 살기보다는 심신을 보듬을 살거리가 우선이다. 어떻게 사는가에 비중을 두고 고민해야 한다.

시니어 모임

살면서 자주 듣고 쓰던 말이 언제부턴가 슬그머니 사라져 가고 있다.

심부름을 할 때, "해찰 말고 냉큼 다녀오라."는 말을 들으면 숭늉 맛처럼 구수한 가족애를 느끼곤 했다. 쏜살같이 다녀오면 칭찬은 덤이었다.

'쏜살같이'는 시위를 떠난 화살처럼 빠르다는 의미로 자주 쓰였는데, 요즘은 들려오지 않는다. 학업에 바쁜 아이들에게 심부름을 시킬 수도 없거니와 생활 방식이 달라져서다. 손자에게 정이 담긴 말 한마디를 건네주고 싶어도 휙 달아나는 뒷모습조차도 볼 수 없으니 삭막한 모래땅에 서 있는 듯하다.

　매달 모임을 갖는 시니어 회원들에게 제공할 아이디어가 곤궁하면 인터넷에 들어간다. 영화관을 검색하다가 하버드대학교 재학생의 성공 스토리를 주제로 한 영화 제목「소셜 네트워크」를 발견했다. 회원에게 관람을 권하니 교육에 깊은 애정을 보이는 그들이어서 쉽게 동의한다.

　결과는 세 박자 템포에 익숙한 시니어들에겐 어불성설인 영화다. 광속(光速)을 타고 빠르게 전달되는 매체에 회원들은 혼비백산한 행색이다. 고음과 고속 화면에 취해서 몸을 가누지 못한다. 알선한 죄 값에 고개를 숙이면서 동분서주 수습 길에 나섰다.

　머릿속이 거미줄로 얽힌 것 같다는 형님, 고고한 학처럼 사시는 대모는 갈지(之)자 걸음으로 휘청거리더니 몇 발 못 가서 푹석 주저앉는다. 헛구역질을 하는 회원은 화장실행이다. 파리가 귓속에서 날고 있다는 너스레꾼은 장단이라도 맞추듯 박장대소다. 날로 새롭게 출시되는 전자 기기를 낯설어하지는 않는 회원들인데도「소셜 네트워크」의 관람은 고문이었나 보다.

　연륜이 넘겨준 한 박자 느림에 묻혀 산 지 오래여서 변해 가는 세상에 적응이 빠르지 못한 그들은 고음과 고속이 불편한 세대였지만 신세대의 영화평은 달랐다. 뜀박질하듯 날아다니며 일처리를 하는 주인공에게서 쾌감을 느끼고, 고음과 고속에 동승하면서 번개처럼 떠오르는 아이디어를 간수하느라 바쁘다.

머릿속에 궁금증이 가득한 내 집 아이는 광통신망이 제 친구다. 남의 말에 귀 기울이길 싫어하고 혼자 지내며 "귀찮아."를 연발하면서 가족과 거리를 둔다.

세상 밖의 소식이 '쏜살' 보다 빠른 광속(光速)을 타고서 참새처럼 쉬지 않고 지저귀는 '트위터(twitter)'를 반가워한다. 소셜 네트워크가 놀이마당인 그곳에서 더 많은 사람과 소통하는 재미에 푹 빠졌다.

아이로부터 '세대 차가 난다.'는 말을 들으면 마음에 상처를 받고 세상사가 한탄스러웠는데 말없이 받아들이는 계기가 되었다.

20여 년 동안 흐트러짐 없는 모습으로 모임을 이어 온 회원들은 한때, 세상을 풍미했던 여걸들이다. 여인의 삶 속에서 몸으로 익히고 오감으로 느낀 흔적들이 방울방울 지혜의 샘에 고이면, 한 모금씩 나눠 마시며 정이 담긴 소박한 이야기를 나눈다.

샘터에 조롱박 넝쿨 길러 하얀 속살 퍼내고 삶고 말린 표주박을 걸어 놓았더니, 지혜의 샘에 모인 회원이 반 100명이다. 목이 긴 이, 다리가 짧은 이, 뒤뚱거리는 이, 다친 상처가 아물지 않은 이도 함께 모여서 마른 목을 축이고 괴나리봇짐을 풀면 웃음꽃이 만발한다. 가족의 간섭도 자식의 구박도 없는 사랑의 이슬을 점심으로 곁들이는 '시니어 모임' 은 느림의 발자취를 기억하는 장(場)이다.

한창 젊은 20대에 청순한 꿈을 심으려고 덜컹대는 자갈길 너머에 있는 자그마한 교정에 첫발을 내딛었다. 그날의 다짐은 희미해졌지만 캄캄한 밤길에 호롱불 켜들고 앞장서서 걸었던 기억은 지울 수가 없다.

까만 눈동자에 자신의 포부를 새겨 넣으며 열정으로 후학을 가르쳤고, 벅차오르는 감동을 누르지 못하여 밤잠을 설치지 않았던가. 불타는 열정으로 인해 가끔은 갈등에 휘말려 상처를 받고 낭떠러지로 곤두박질치듯 내몰린 적도 있지만, 반짝이는 눈동자에서 희망이 보일 때면 더없는 보람을 느꼈다. 기름진 땅, 척박한 땅 가리지 않고 꿈나무를 심어 대목으로 키워내고서 스스로 위로하며 하늘에 감사하던 행복한 시절이 있었다.

앞을 내다볼 수 없는 맹인이 밤길을 걸을 때, 등불을 밝히는 이유가 뒤따라오는 행인의 길을 바르게 인도하기 위해서인 것처럼 후학을 등불로 인도했다. 소임을 마친 후에야 지혜의 샘물을 나눠 마시며 짊어졌던 봇짐을 푸니 매화꽃길보다 더 화려 강산이었다. 국가로부터 격려를 받고 훈장을 달았던 가슴이 자랑스러운 회원들.

오늘도 시니어 모임의 회원들은 눈 깜짝하기보다 더 빠른 광속을 즐기는 후학들의 내일을 염려한다.

엄마, 빨리 와

매달 둘째, 넷째 토요일은 초등학교가 휴교를 한다. 아이들은 이날을 '놀토'라고 부른다. 맞벌이 부모 입장에선 저학년인 아이를 집에 홀로 두고 출근해야 하니 난감한 일이다. 평일엔 빡빡하게 짜놓은 일정에 따라 아이가 학원가를 돌다가 부모의 시간에 맞춰 귀가하지만, '놀토' 땐 학원도 휴강이니 마땅히 대처할 방안이 없다.

궁리 끝에 아이에게 몇 가지 읽을거리와 게임기를 들려서 지인의 집으로 내몰아 보지만 부모의 마음은 편치 않다. 지루한 한나절을 용케도 버텨 낸 아이는 오후가 되면 시든 채소 잎 같다. 종일토록 부모와 떨어져 지내는 아이의 실상이고 핵가족

시대의 고민거리다.

  아이를 초등학교에 취학시켜야 한다며 딸은 이삿짐을 친정 집 곁으로 옮기고 부탁한다는 말 한마디로 끝을 낸다. 어미의 수족을 묶어 놓으려고 기회를 노린 딸에게 판정패 당한 격이다. 딱한 형편을 보고 외면할 수가 없어서 백기를 들었다. 아이를 받아들이고부터는 신역이 고단해지고 생활의 패턴도 변했다. 다행히 아이가 할머니를 따르니 맺혔던 응어리가 풀리긴 하지만 딸을 볼 때마다 가슴은 불덩이로 변한다.

  모처럼 얻은 시간이 토막 나기 일쑤고 뒷바라지가 힘에 부쳤는지 관절까지 삐걱거린다. 아이가 유아기부터 어린이집에 다니면서 사회성을 키웠기에 큰 어려움은 없을 것이라는 예측이 빗나갔다. 학교의 낙후된 시설이 지저분하다고 여겼는지 용변을 참느라고 아이는 고역을 치른다. 학교 시설 이용 기피증이 생겼고 해가 다 가도록 고쳐지질 않는다. 번번이 학교로 뛰어가서 해결사 역할을 해야 한다. 늘 제 곁엔 누군가가 붙어 있어야 안심하는 아이, 지속적으로 말대꾸를 해 줘 가며 같이 놀아 주어야 직성이 풀리는 아이다.

  귀가 시간에 맞춰서 점심을 챙겨 주어야 하는 일과 육식을 고집하는 식습관을 바로잡아 주는 일이 쉽지 않다. 그림자처

럼 앞세우며 놀이터로, 슈퍼로 다니다 보니 아이가 내 분신이
되었는데 요즘 들어선 좀처럼 얼굴을 보여 주지 않는다. 3학
년이 되면서 학원으로 태권도장으로 꽉 짜인 스케줄에 매달리
고, 새로 사귄 친구와 놀이도 해야 하니 할머니를 거들떠 볼
여가가 없음이리라.

　학교에서 있었던 이야기도 들을 수가 없다. 학교생활이 궁
금해서 몇 마디 물으면 귀찮아한다. 아이가 말수도 적어지고
자주 밖으로 나돈다. 홀로서기에도 제법 익숙하다. 가족보다
또래 친구를 더 소중하게 여기고 자기주장도 강하다. 할아버
지 말씀에 반격을 가하며 저돌적 태도를 보이기도 한다. 아이
의 성장 속도가 지나치게 빠르고 아이에게서 청소년기의 증상
이 자주 발견된다. 요즘 아이들의 일반적인 추세다. 심리학자
는 청소년의 발달 과정을 다시 분류해야 될 것 같다.

　방송 매체와 인터넷 탓인지, 아이는 지나치게 그 역기능에
물들어 간다. 아빠의 귀가 시간에 맞춰 책상 곁으로 가는가 하
면 환심을 사는데도 게으르지 않다. 꾀와 꼼수의 단수는 하늘
로 치닫는다. 어려서 길들여진 습관은 좀처럼 고쳐지지 않는
법, 아이에게 엄마의 손길이 닿아야 할 시기다. 지친 몸으로
늦게 퇴근하는 딸에게 '집에서 쉬면서 아이를 돌보고 둘째도
출산하라.' 고 귀띔하고 싶지만, 날이 갈수록 생계비의 지출

폭은 넓어지고, 사교육비를 감당키 어려우니 말문을 열 수 없다. 딸은 그 절실함을 더 잘 알고 있지 않은가.

보도에 의하면 우리나라의 아이 출산율이 1.08명, 전에 비해 현저하게 떨어져서 세계적인 수준이다. 그 통계치가 틀리지 않는다는 증거를 학교에서도 쉽게 찾을 수 있다. 학생들의 대부분이 외동이다. 빈곤하던 시절 식구 수를 줄이기 위한 방책으로 '둘도 많다, 하나만 낳아서 잘 기르자.' 는 슬로건이 인구 감소로 이어지고, 국가의 경쟁력에도 영향을 미친다. 일부 대학의 학생공동화현상이 말해 주지 않는가.

나라에선 출산장려책으로 산모의 휴가 제도와 각종 보조금 제도, 탁아 제도, 주택 공급의 우선순위 부여를 달콤한 인센티브로 내세우고, 학교 시설을 이용한 '방과 후 교육' 으로 맞벌이 부모의 짐을 덜어 주겠다지만, 더 적극적인 방법을 찾아 나서야 할 것 같다.

인구정책에 성공한 나라에 눈을 돌려 '벤치마킹' 하는 것은 어떤지. 삶의 질이 우선인 젊은 엄마에겐 당장 아이의 교육 문제가 걸림돌이니, '포클레인' 이라도 동원하여 길을 터 주어야 한다.

오늘도 어린이 집에선 장난감 전화기를 붙들고 "엄마, 빨리 와."를 외치니, 엄마의 가슴은 숯덩이가 된다.

여생 계획서

아침 신문 읽기가 내 하루의 시작이다.

배달이 늦는 날엔 다른 일과에 차질이 생긴다. 하루를 살아갈 양식이 거기에 모두 있어서다. 한 주간을 지내는데도 자양분이 필요하다. 화요일에 내리는 '단비'는 내게 활력소가 되어 준다.

부대낌 없이 성장했고 순탄하게 취업을 했다. 처음으로 세상 속으로 들어서니 모든 것이 생경하다. '사업 계획서'를 잘 작성하라는 업무가 주어졌다. 역부족으로 인해 심호흡이 잦아진다. 허둥대며 버겁게 일처리를 하지만 선후를 가리지 못하다 보니 신통할 리가 없다. 주어진 업무마다 구체적인 계획을 세우고 실천하기란 쉽지 않았다. 무능력을 탓하며 고심의 늪

속에서 헤매길 여러 번이었다. 온실에서 자란 화초가 화원 밖에선 시들고 몸살을 앓는 것과 다르지 않았다. 그때마다 내 부족함을 채워 주고 당당한 후견 역할을 맡아 준 것이 신문이다.

가정주부의 책무도 버금가질 않았다. 가정사에도 난제는 수두룩했다. 하소연을 들어줄 곳은 신앙뿐이다. 그렇게 직장과 가정 일 안팎의 대소사를 대충 에두르며 이력이 나는 사이 새로운 세대가 성큼 앞을 가로 막아선다. 일자리를 물려 달란다.

퇴임을 하고서야 주변을 둘러보니 이정표 없이 내몰리듯 낯선 세상에 덩그러니 서 있다. '여생 계획서'가 필요한 걸 비로소 알게 되었다. 주위를 살펴보고 귀 기울이는 여유를 갖지 못한 탓이었을까. 애꿎은 신문 낱장만 바쁘게 넘겨질 뿐이다.

부모님은 맏딸의 출생을 반기셨고, '살림 밑천'이라고 귀하게 키워 주셨지만, 세상살이가 만만치 않음을 일깨워 주지는 못했다. 가족도 단출하여 친지로부터 듣고 배울 만한 형편이 아니어서 무엇이나 혼자서 해결해야 한다. 난제 앞에선 늘 겁에 질린다. 머릿속은 마련만 가득할 뿐 문제 해결엔 낭패가 잦다. 시행착오와 잡다한 오류는 내 곁에서 맴돈다. 삶의 기억 속에 고단함이 더 많은 자리를 차지하고 있는 것도 그 때문이다.

소(牛)도 언덕이 있어야 가려운 등을 비빌 수 있다는데 기대고 비벼 댈 언덕은 보이질 않는다. 가호의 손길을 기다리지 않기로 했다. ‘하늘은 스스로 돕는 자를 돕는다.’ 하지 않던가. 모든 것을 자문자답하며 일 처리에 몰입했다. ‘일중독자’ 가 따로 있지 않았다. ‘여생 계획서’ 를 미리 준비하지 못한 변명이다.

  퇴임을 하고서 어느 날 드라이브를 즐기는 중이었다. 아침 햇살을 받은 언덕길에 예쁜 마을이 나무와 잘 어우러져 백미러 속에 들어왔다. 한 폭 그림으로만 기억해 두기엔 아까울 만큼 아름다웠다. 글로 표현하고 싶은 충동이 일었지만 좀처럼 형상화되지 않는다.

  도움의 손길을 찾기로 했다. 사전 상담도 없이 윤재천 선생님의 수필교실 문을 두드렸다. 명성 높은 문인과 마주 서 있기는 처음이다. 묵직한 표정 속에서 뿌리 깊은 믿음을 보았다. 항간에서 느끼던 작가의 권위 의식은 보이지 않는다. 소탈하게 맞이해 주시며 소장하던 몇 권의 저서를 건네주신다. 먼 옛날에 맺었던 사제지간인 것처럼 훈훈함이 와 닿는다.

  내게 마음 놓고 기댈 언덕이 생기는 순간이다. 보잘것없던 옹벽도 무너졌다. 허물을 보여도 좋을 은신처다. 새벽녘 어깨에 자옥하게 내려앉은 안개비처럼 선생님이 뿌려 주신 ‘단비’ 는 온몸을 촉촉하게 적셔 준다.

  내 글쓰기의 젖줄을 찾았다. 오리걸음 모양새로 뒤뚱거려도, 속내를 드러낸 치부에도 무덤덤하게 넘겨 버리며 깊은 눈길로 격려하시는 모습은 한결같다. 선생님의 그 배려가 내 생활엔 기(氣)고 활력소다. 윤 선생님의 수필교실에서 흐트러진 생각에 기(氣)를 채우고 나면 한 주간은 늘 새롭다.

수필의 위상을 굳히며 새로운 수필 문학 세계를 개척하는 선구자 윤재천 선생님, '인생은 사랑과 추억' 이라고 하셨죠. 이제까지 가져 보지 못한 '여생 계획서' 를 늦게나마 사랑과 추억을 담아 가며 꼼꼼하게 마련하고 있습니다. 선생님께서 닦아 놓은 수필의 길을 따라 걸으며, 바라시는 대로 당당한 수필가로 태어나렵니다.

선생님 언제까지나 건강한 모습 보여 주세요.

광화문 거리

뙤약볕이 따가운 7월입니다

계엄으로 장막이 드리워진 삼엄하던 광화문 거리를 기억하
시는지요

자유를 갈구하는 젊음이 무참히 짓밟히던 그날도 기억하시
는지요

시간의 바퀴가 돌고 또 돌아도 그 거리는 거기에 다시 서 있
어요

그때 그곳이 촛불의 거리로 바뀌었고 함성이 중천에 가득합
니다

그 촛불의 염원이 자신을 태워서 길을 밝히는 희생의 촛불이

면 좋으련만,
  님을 영접하기 위해 뜰을 밝힌 희망의 촛불이면 좋으련만,
  지금껏 잘 거두어 주심에 감사하는 보은의 촛불이면 좋으련
만,
  메마른 가슴을 적시는 깊은 사색이 담긴 희열의 촛불이면 좋
으련만,

  그 촛불의 그림자가 오욕(五慾)이 꿈틀대는 시위가 아니기
를,
  집착의 덫에 걸려 허우적거리는 우매함이 아니기를,
  욕망의 열차에 편승하여 휘청거리는 카인의 어리석음이 아
니기를,
  분노를 되새김질하고, 암 덩이를 키우는 행위는 더더욱 아니
기를,

  당신의 분신에게 믿음을 남기고 훌쩍 떠나신 님이여
  진실이 담긴 반성과 미래를 염려하는 지혜로 무장시키시어
  모든 이에게 이로운 거름으로 쓰일 도구가 되게 하소서
  천상의 그 음성을 다시 듣고 싶습니다

기억 속으로

벨 소리가 요란하다.

느닷없이 "지금 어디쯤 오고 있니." 기계음에 실린 친구의 목소리가 거칠게 들려온다. 한참만에야 생각이 떠오른다. 지하철역에서 만나기로 한 약속 시간을 잊고 천연덕스럽게 혀끝에 맴도는 숫자를 따라 기억 속으로 여행을 떠난다. 약속 일자를 수첩에 적어 두었는데도 까맣게 잊고 있었던 것이다.

가슴이 두근거리고 열기가 온몸으로 퍼진다. 고개가 움츠러들고 매사에 자신이 없다. 방금 손에 들고 있었던 물건을 어디에 놨는지 알 수 없어서 집안이 발칵 뒤집히는 사건이 빈번하다. 조리하던 음식이 숯덩이가 되고 욕조가 넘쳐 한강이 되는가 하면 벗어 놓은 안경을 찾느라고 모임에 지각하기는 단골이다.

실수하지 않으려고 정신을 가다듬고 달력을 살피니 S와의 약속이 적혀 있다. 겹치기 일정이어서 이번 약속을 뒤로 물리자고 연락하니 이미 취소해 놓고 웬 딴소리냐며 되묻는다. 순간 머릿속이 실타래처럼 뒤엉킨다.

매달 한 번씩 치매노인 요양원에 방문할 때면 다음 날의 내 모습을 보는 것 같아서 마음이 더 쓰인다. 몸짓과 말수가 어눌해서 의사표시를 못하고 용변 실수가 잦은 환우가 모여 있어서 실내 공기는 탁하고 냄새에 젖어 있다. 병상 정리와 청소를 하고 시간이 넉넉하면 휠체어에 환우를 태우고 산책하며 이야기를 들려주지만 동문서답이고 마이동풍이다. 눈망울은 찾아오지 않는 그 누구를 기다리는지 깊숙이 파여 있다.

다음 달에 다시 들러 밝게 웃으며 인사를 해도 면식이 없다는 듯 초점 없는 눈길로 멀거니 바라본다. 살아온 긴 세월 동안 뇌리에 저장해 둔 것이 너무 많은 것일까, 신으로부터 잠시 쉬라고 안식년 휴가를 받은 것일까.

생명이 붙어 있어도 사는 것이 아닌 환우는 모든 것을 내려놓은 것인지 잊힌 것인지 가늠하기 어렵다. 치매 앞에선 자유로울 수가 없는 것일까. 화려한 이력을 지닌 명사도 무릎을 꿇는다. 재원으로 손꼽히던 H의 모습이 여러 달째 보이질 않는다. 가족의 손에 이끌려 요양원에 갔나 보다. K교장도 몇 년째 앓고 있다.

‘자라 보고 놀란 가슴 솥뚜껑 보고도 놀란다.’ 더니 요즘은 치매에 민감해지기 일쑤고 갖가지 예방법에 귀 기울여진다. 노인정에서 주로 화투놀이가 성행하는 것도 치매 예방을 위한 셈 공부란다. 셈에 약하고 화투놀이는 배워 본 적이 없으니 노인정에 갈 생각은 말아야겠다.

어려서 셈 공부가 신통치 않아 초등학교 시절, ‘구구단’ 암기하기가 고생스러웠다. 입이 닳도록 외워도 선생님 앞에선 주눅이 들곤 하더니, 성인이 되어서도 숫자 앞에선 우매하다. 아직도 곱셈 ‘9×6’를 ‘6×9’로 뒤집어서 셈을 하는 처지이니 수치(數痴)라고 해도 억울할 게 없다. 치매의 지름길만은 아니길 바라는 수밖에.

암기력에도 문제가 생겼다. 보건소에서 실시하는 치매 검사에서 미리 알려 준 의미 없는 단어 세 가지를 모두 맞추지를 못했다. 30년 이상을 사용해 온 통장번호를 기억 못해서 경조사비를 대치해 주고도 송금 받을 계좌를 선뜻 알려 주질 못할 만큼 허술하다.

단위가 높은 숫자를 보면 손가락으로 꼭꼭 눌러 가며 자릿수를 확인한다. 은행원 앞에서도 그 버릇은 여전하다. 통장에 잔고를 확인할 때도 검지가 숫자를 더듬는다. 어눌한 태도에 행원은 측은지심을 보낸다. ‘어렸을 때, 숫자를 4자리로 끊어 읽도록 배우고, 활용했던 것을 지워 내지 못한 탓이다.’ 라고 변명을 했더니 고개를 끄덕인다. 장년층 고객 중엔 그런 분이 많았다며 비로소 사연을 이해하겠단다. 10,000원을 전에는 1,0000원으로 기재했던 사실을 알 리가 없는 행원이다. 이미 박혀 있는 기억을 뽑아내질 못하고, 새 정보를 기억 속으로 들여보내질 못하는 소통 부재다. 용량 부족일까, 들어갈 노선을 찾지 못해서일까.

기억력 신호등에서 파란색 불빛이 보인다. 반세기 전에 알고 있던 숫자와 추억 여행을 해도 무리가 없다. 뇌 한구석에 숨어 있다가 툭 튀어나오는 '10807314'. 소녀 시절 동네 사람들의 눈길을 피해 촉촉하게 내리는 보슬비도 아랑곳하지 않고, 밤길을 같이 걷던 까까머리 머슴애의 숫자다. 느닷없이 머슴애는 군에 입대를 한다고 통보해 왔다. 흠집 없던 가슴에 상처가 난 듯 아프고 서늘해서 아련한 감정을 편지지에 옮겨 쓰고 수취인 난에 군사우편으로 머슴애의 숫자를 적곤 했었다. 군 복무 3년을 이겨 내지 못한 머슴애는 내 기억 속에 군번만을 남겨 놓고 떠났다.

첫 만남, 잊힌 줄 알았던 머슴애의 숫자가 혀끝에서 또렷하게 맴돌고, 반세기가 지나도록 지워지질 않으니 내 기억력은 박수를 받을 만하다. 치매 방어엔 일등 공신이 될 초병이다.

보슬비 내리는 날이면 가끔 젊은 날을 반추하며 기억 속으로 여행을 한다. 긍정의 끈을 꼭 잡고서.

땀의 가치

나이가 들면 누구나 순환기에 고장이 나기 마련이다.

기계도 오래 사용하면 기름 치고 보링해야 하듯이 인체도 점검하고 알맞은 처방으로 다스려야 한다. 몸속에서 산화된 찌꺼기를 배출하고 새로운 에너지를 공급해야 하는데 운동량이 부족해지면서 순환기에 탈이 나고 병이 주인 노릇을 하게 된다.

땀을 흘려 본 지 오래다. 거동이 느려지면서 힘들고 고생스런 일을 피하다 보니, 어느 틈에 허리가 굵어지고 엉덩이에 살이 붙어 볼썽사나운 모습으로 바뀌었다. 입던 옷가지의 수선 비용도 만만치 않아 즐비하게 걸려 있는 옷을 보고도 단벌로 외출한다.

병원 출입도 잦아졌다. 의사의 처방은 운동량 늘리기다. 즐겨하는 운동이 없었기에 한강변을 걷고 헬스장에서 유산소운동과 근육운동을 하며 땀을 비 오듯 쏟아 냈더니 병원비 지출이 줄어들었다. 지난날에 입었던 옷가지를 애용할 수 있어서 이젠 외출이 부담스럽지 않다.

매월 둘째 화요일은 여고 동창과 찜질방 모임을 갖는다. 친구가 몸에 멍투성이를 하고 나타났다. 산에 오르다 실족하여 언덕바지에서 미끄러졌단다. 밀린 이야기로 수다를 떨면서 두어 시간을 보내는 동안에 땀받이 옷이 흥건하게 젖었다. 멍 자국은 씻은 듯이 사라지고 피부가 멀쩡하다. 체온이 0.5도만 상승해도 신체에 기생하던 병균이 살지 못한단다. 빠른 순환이 신진대사를 도와서 개운하다. 할머니께서 한증막을 자주 가시던 이유일 것 같다.

인생살이도 '땀' 흘린 만큼 그 결실을 맺는다. 결심과 끈기를 놓지 않고 우직하게 땀을 흘리면 사악한 것이 파고들어 설 틈이 없다. 흘린 땀의 가치만큼 제 분야에서 전문가가 될 수 있고 덤으로 명성이 뒤따르기도 한다.

백지수표에 '꿈' 의 액수를 적어 넣고 뚜벅뚜벅 인생길을 걸어왔다는 구두장이의 초대를 받았다. 제화점에서 근무했던 딴 세상의 동생을 보는 듯하여 반가웠다. 신기루를 쫓아 변방에 돌던 동생과는 달리 그의 이력은 땀으로 젖어 있었다. 또래들과 호기부리며 몰려다녀야 할 청소년 시절에 좋은 구두를 만들어 보겠다는 결심으로 제화점의 문을 두드렸단다.

고난과 액운을 땀과 끈기로 버티면서 운(運)까지도 거머쥔 제화계의 장인(匠人), 마름질한 가죽을 무릎에 끼고서 바늘로 한 땀 한 땀 구두를 지으며 흐르는 땀을 희망가로 바꿔 부른 구두장이, 만나는 사람마다 그를 함부로 대하지 않는다. 학식은 짧지만 덕과 지혜로 무장한 그는 명성 높은 강사로 활약하며 직업전선에서 방황하는 청년들에게 훌륭한 '멘토'가 되어 주고 있다.

현세를 살아가는 지혜와 능력에서 또 다른 장인의 칭호를 덧붙여 주어도 과하지 않기에 그를 만난 여운은 길게 남는다.

하교 시간마다 목청 높여 암송하던 '태산이 높다 하되 하늘 아래 뫼이로다. 오르고 또 오르면 못 오를 리 없건만 제 아니 오르고 뫼만 높다 하더라.' 초등학교 시절, 담임선생님의 가르침의 의미를 일찍이 터득 못하고, 한평생 참새처럼 입으로만 지저귀다 먼 길을 돌고 돌아왔다.

땀은 냄새나고 끈적거리는 사전적 의미이기보다는 삶을 값어치 있게 살아가는 데 꼭 필요한 에센스다. 다시 후학을 가르친다면 몸소 터득하고 실천하기엔 너무도 더딘 정진, 노력 같은 고상한 단어는 걷어 내고 '땀을 내라' 며 직설로 땀의 가치를 일깨워 주련다.

6장

진품 명품

다시 만난 연인

그곳에 가면 겹겹이 쌓인 삶의 흔적을 만난다.

매주 화요일이면 발길이 먼저 달려가 마음을 재촉하길 수년째다. 30여 명의 회원이 정겨운 가족처럼 모여 저마다의 파노라마를 조심스럽게 엮어서 눈망울에 비춰 내는 카페.

강산이 계절 따라 철철이 새 옷을 갈아입듯, 익숙하던 얼굴은 어느새 잊혀 가고 새 얼굴이 그 자리를 메운다. 세월 탓인가. 세인의 관심에서 멀어져 변두리로 밀려 있는 것만 같던 어느 날이다.

카페에 낯선 얼굴이 보인다. 단아한 체구에 정감이 간다. 한복을 입으면 잘 어울릴 것 같은 올린 머리가 단정하다. 품 넓은 인상이다. 몇 번의 만남 속에서 보드라운 손끝, 선한 눈길을 찾았다. 세월 속에서 진주조개를 캐는 어부는 아닐까. 시간을 알뜰하게 활용하는 그에게 마음이 꽂힌다. 메말라 있는 가슴에 단비가 내린 듯하다. 오랜만에 기지개를 켠다. 구원의 신호를 보내며 호탕한 웃음으로 기분 전환시켜 주는 그가 생활 속에서 영상으로 머문다.

그에게서 손수 만든 공예 목걸이를 선물로 받았다. 외로움을 몹시 타는 걸 어떻게 알아봤을까. 그의 가슴에 내가 머물렀나 보다. 초가지붕 위 박 덩굴 매달리듯 오닉스 사슬에 호안석, 산호, 장미석, 터키석, 호박, 마노가 그의 살가운 사랑과 함께 주렁주렁 꿰어 있다.

몇 년 동안 헤어졌다 다시 만난 연인 아닌가. 가슴이 방망이질로 요동친다. 시간을 할애하여 늦은 밤마다 현미경과 씨름하며 보석의 진위를 가리는 공부하면서 매일 밤 연인처럼 어루만지던 그들이 내게 다시 안겼다.

손쉽게 구해지는 물건을 대상으로 수집을 즐겼었다. 우표, 성냥갑, 찻잔, 여행 유품 모으기를 즐기곤 했는데 세월 따라 수집 목록이 바뀌어 갔다. 십 년이면 강산이 변한다는 속설을 입증이라도 해 주듯, 신변잡기 수집은 시야에서 멀어지고 보석이랄 것도 없는 유색광물 수집이 그 자리를 차지했다.

부귀와 영화의 상징인 보석은 아름다움이 영속적이어야 하고, 희소가치가 높으며 뉘나 알아 주는 전통성을 가지고 4C—중량(Carat), 연마(Cut), 하자(Clarity), 색(Color)을 겸비해야 하는데, 그에 걸맞은 경제력이 부족했기 때문에 수집품은 대부분 준보석에 속하는 정도였다.

보석은 지니고 있는 아름다움만큼이나 예리해서 살상 무기가 되기도 하지만, 여인에겐 행불행의 가늠자 역할을 하기도 한다. 지인의 병문안을 갔을 때, 귓전에 들려온 이야기에 허를 찔렸다. 환자의 절친한 친구는 병든 여인을 보고 가슴이 메어졌던지 넋두리 끝에 "그 흔한 보석 반지 한번 끼어 보지 못한 팔자."라며 애처로워한다.

나도 보석 반지가 없었다. 객기를 부렸다고나 할까. 간신히 마련한 자금으로 윤기가 자르르 흐르는 우윳빛 고가품 대신 병들다 아무른 듯 일그러진 모양의 진주반지를 저렴하게 구입했다. 못난이 진주반지가 보석 수집의 신호탄을 쏘아 올린 셈이다. 넉넉지 못한 형편이어서 수집은 해를 두고 천천히 이어졌다. 속리산에선 장미석을, 울진에선 자수정을, 제주 천재연에선 검은 진주가 눈에 들어와 구입했다. 여러 종의 유색광물을 수집하다 보니 철저하게 실존의 노예가 된 듯하다.

보석을 제대로 알고 싶어서 공부를 시작했다. 화산의 분출물이 응결되면서 창조주의 땀방울이 보석으로 거듭난 듯 신비롭다. 밤의 불빛 아래서 보이는 현란한 광채에 매료되고 세밀한 결정과 특이한 조직에 사로잡힌다.

세간에서 사랑받고 있는 30여 종 보석 중에서도 주로 회자되고 있는 탄생석은 연인의 마음을 사로잡는 마력까지 지녔으니, 남성들에겐 더없이 값진 보물이다. 보석이 지닌 황홀한 언어를 잘 이용하면 연인의 마음을 차지하는 데는 보석만한 것이 없다.

가닛-정직, 자수정-성실, 아콰마린-침착, 금강석-청정무구, 에메랄드-행운, 진주-건강, 루비-정열, 페리도트-부부의 행복, 청옥-자애, 오팔-환희, 토파스-우정, 터키석-성공의 의미를 알아두면 요긴할 때가 있다.

내 사랑은 6월의 탄생석 진주다. 여인의 눈물을 닮았다 하여 결혼 예물 목록에 끼지는 못하지만 언제 보아도 황홀한 '펄'의 유혹엔 항복을 한다. 연분홍, 은빛, 크림색, 연노랑, 연두, 연청, 검푸른 색을 바탕에 품고서 우윳빛으로 조화로움을 이뤄 내는 오리엔트의 빛을 또 누가 지녔을까.

귀족 여인의 우아함과 넉넉함을 닮은 진주의 고향은 조개고 바다이다. 그래서 비릿한 내음이 풍기는 바다가 그립고 청록으로 물든 수평선과 끼룩끼룩 울부짖는 갈매기, 점점이 떠 있는 섬을 동경하는지도 모른다.

진주의 불투명하고 영롱한 구형은 여인의 선망이다. 무공해 연인처럼 소중하게 다루지 않으면 광채는 노파의 모습으로 변한다. 건조하거나 습해도 싫단다. 산성용액, 땀, 화장품, 화학 약품에는 민감하여 쉽게 광택을 잃고 사멸한다. 어둠 속에서 성장하며 갖가지로 밀려온 스트레스가 억울했던지 품격 높은 대우를 받겠단다.

　세월 따라 바꿔 가며 수집품과 나누던 대화를 접은 지도 오래다. 이젠 가슴을 열고 선남선녀와 소통하고 싶다. 앞에 놓인 길을 천천히 함께 걷고 싶다. 침묵 속에서 외로움을 다독여 줄 인정이 머무는 곳을 찾아 나섰다. 여정의 길목에서 그이가 내게 준 다시 만난 연인을 목에 걸고 한껏 멋을 낸 하루였다.

도서관의 역할

독서의 중요성은 동서고금을 통해 강조되고 권장되어 왔다.

한 나라의 문화 수준이 도서관의 수나 질과 무관하지 않다는 것은 널리 알려졌지만, 책 읽기란 쉬운 일이 아니다. 책을 손에 들면 잠이 쏟아진다는 소릴 자주 듣는다. 시간 여유가 넉넉하다고 책이 읽혀지는 것도 아니고, 책이 많다고 해서 독서삼매경에 빠지는 것도 아니다. 저마다 다른 사정으로 책과 친하긴 어렵다.

일에 매달려 바쁜 나날을 보내면서도 틈틈이 책을 읽고 식견을 넓혀 가는 사람은 독서의 맛을 아는 사람이다.

독서의 습관은 태생부터라기보다는 성장 과정에서 환경적 요인이 적극 관여한다. 전문 직종에 종사하거나 꿈을 성취한 사람, 인격자로 추앙받는 이들 중엔 어려서부터 독서를 즐긴 사람이 많다. 독서가 인격 형성에 큰 몫을 차지해서다. 독서는 체험을 통해 좋은 기억이 있는 사람이거나, 가까이는 독서를 생활화하는 가족이 곁에 있을 때 쉽게 길들여지고 습관화되기 마련이다.

나라가 혼란기에서 헤어나질 못하던 시절에 성장기를 보낸 나는 교과서 외의 다른 서적을 읽거나 참고하기란 무리였고, 관립도서관을 이용하는 것도 시간적 공간적인 제한이 많았다.
구하면 얻는다고 '학급문고' 의 담당 임무가 내게 주어졌다. 도서 구입비 조달에 문제가 있었지만, 책값이 저렴한 연세대학교 굴다리 밑 노점상에서 '태양문고' 를 구입하여 급우들에게 보급했다. 대여 비용과 반납일 지키기가 걸림돌이 되었기에 소수에게만 수혜가 돌아갔고 성과는 신통치 않았던 기억이다.

새 천 년이 시작되고 경제 수준이 높아지면서 독서의 저변 확대 운동이 활발해졌다. 지역사회마다 도서관 건립과 장서 수집에 많은 예산을 배정하고 운영의 묘를 찾고 있다. 인재 육성과 문화 수준 향상의 관건이 독서에 달려 있음을 입증하는 사례다.
학교 경영을 할 때, 학교 도서실 꾸미기를 교육 환경 개선의 첫 사업으로 계획했다. 도서실이 명목상 학교 한구석에 있었지만, 학생수 대비 도서 수량은 터무니도 없었거니와 모두가 폐기 처분을 기다리는 책뿐이었다. 도서실 운영은 그나마 분실을 우려해서 폐가제를 채택했고, 학기 동안 도서실이 굳게 닫혀 있어도 개방을 요청하는 학생이 없었다.

학교 운영비에서 환경 개선 항목에 도서실 설치비를 과다하게 지출해 가며 도서대와 도서장, 인터넷 설치 등 각종 요구되는 시설을 하고 나니 교직원과 학생, 학부모의 관심이 쏠렸다.

도서는 꼭 필요한 참고 자료와 분야별 필독 도서를 신간으로 만 권 확보하는데 총력을 기울였다. 독서의 생활화를 위한 각종 행사를 교육과정에 포함시켰다. 일반적으로 국어과 교사가 도서 담당자로 내정되지만, 전담자가 아니어서 운영 면에선 만족할 만한 성과를 얻을 수 없다.

인건비 조달이 어렵긴 했지만 사서 교사를 초빙했다. 인사동에서 고서적을 취급하는 환경에서 성장한 교사였다. 문헌에 대한 정보가 풍부하고 직업의식이 남달라 보였다.

사서 교사는 도서실 운영이 서툴지 않고 출입 학생을 귀찮게 여기지 않았다. 학생의 인격을 존중하고 출입에 제한이 없다 보니 한산하던 도서 열람대가 북적였다. 도서 열람 학생의 이름 암기와 개성까지도 파악하는 성의로 전교생에게 호감을 샀고, 개인별 도서 열람 대장을 만들고 눈높이에 맞춰 독서 지도를 했다. 직업의식을 떠나 심미안을 가진 교사였다.

독서 교육 행사의 일환으로 교과별 도서실 수업을 시도할 때도 망설임 없이 보조자가 되어 주었다. 분류 방식에 따라 자료를 찾는 요령과 문헌 활용법을 지도해 주고, 학생들의 알 권리를 보장하며 도움을 주는데 적극적이었다.

학생 스스로가 도서실 관리에 참여하도록 유도하여 도서의 대출과 반납으로 어수선해진 서가를 정리하는 자원봉사자제도를 활용하고 망실 도서를 보수하도록 했다. 책을 소중히 여기는 자세가 자연스럽게 전수되면서 주인의식을 넣어 준다. 교내에 있는 도서실이 멀게만 느껴지고 도서실의 존재를 의식하지 못하던 학생들의 숫자가 줄어들었다. 월별 도서 대출 통계 곡선도 급상승했다.

도서실 운영의 활성화는 교육 환경 개선의 시간을 단축시키고 지역사회 학교로서의 자리를 굳힌다. 학교에 대한 관심이 믿음이 되고, 학교 행사에 참여하는 협력 단체도 늘어나서 학교가 문화의 중추로서 역할을 다했던 경험이 있다.

학교에서의 독서 생활이 반드시 사회인이 되어서도 이어지는 것은 아니다. 참고해야 할 책이 있어서 마을 도서실을 찾았다. 문헌으로서 가치가 있는 것이었기에 열람했더니 상당량의 내용이 유실되었고 파본도 많았다. 그 후로 다시는 그 도서실을 찾지 않는다. 공공 도서실로서의 역할 수행을 제대로 못한 예다.

독서는 장려로만 이루어지지 않는다. 도서실이나 도서관의 역할이 지대한 영향을 준다. 언제나 자유롭고 지식 정보에 접근하기 쉽게 기능 보완을 해 나간다면 독서인에게 청량감을 주고 문화의 산실로서 책무도 다할 수 있으며 독서의 저변 확대에 큰 도움을 줄 수 있다.

독서 환경이 인적 제도적 환경적으로 보완되고 평생교육의 장(場)이 되어 주는 도서관이라야 살아 숨 쉬는 도서관이고 국민의 도서관이다.

진품 명품

일요일이면 'TV쇼 진품 명품' 프로를 자주 시청한다.

소박하고 단조로운 듯해도 은근한 멋을 풍기는 옛 명기(名器)가 소개되면 정이 가고 마음까지 풍요로워진다. 'TV쇼 진품 명품' 프로는 소장품을 의뢰한 이에겐 그 가치와 궁금증을 풀어 주고, 시청자들에겐 전문 감정인의 해박한 지식이 전달되어 문화 수준을 높여 준다.

그 프로 덕분에 고서화나 골동품을 감상하는 안목이 조금 생긴 듯하다. 문화재관리국에서도 민간인이 소유하고 있는 보물의 현주소를 파악하는 데이터 자료로 활용하면 기대 이상의 효과를 얻을 수 있지 않을까.

가끔 벽장 속 깊숙이 들어 있는 가재도구를 들추어내다가 먼지를 덮어쓴 고서화라도 찾으면 홍분이 앞서고 눈의 초점이 흐트러지면서 막연한 기대를 해 본다. 쇼 프로의 영향일까.

70년대까지만 해도 우린 한옥에서 살았다. 다락문을 함박꽃 그림과 호랑이 민화로 도배한 집이었다. 마루엔 사군자와 향 긋한 먹 냄새가 풍길 듯 일필휘지의 족자가 걸려 있던 옛집이 눈에 선하다.

할머니는 무엇이든 버리지 않았다. 깨진 생활 자기나 그릇까지도 버리지 않아서 툇마루, 광, 뒤란은 가재도구와 골동품이 어수선하게 널브러져 있었다. 요즘처럼 생필품이 흔하거나 풍요롭지 않던 시절인데도 마을에서 정평이 날 정도로 할머니는 여러 가지를 소장했다.

초록은 동색이라 했던가. 그런 생활에 젖어 살아서인지 나도 손때가 묻었던 생활용품을 쉽게 버리지 못한다. 집안 여기저기에 쌓아 놓은 짐으로 인해서 뒤숭숭하고 산뜻한 환경이 아니니 가족의 비난은 늘 내게 꽂힌다. 아이들은 "엄마까지 모두 내다 버려도 아까울 것이 없다."고 입을 모으기도 한다.

더위까지 기승을 부리는 날이면 집안이 더 후덥지근하고 무게를 느끼기 마련이어서 큰맘 먹고 사용 빈도가 적은 것부터 추려 내어 분리수거장으로 보낼 작정을 해 보지만 실패만 거듭할 뿐이다.

40여 년 전에는 안국동 일대가 생활 터전이어서 눈에 거슬리는 상거래를 자주 목격했다. 그곳은 조선 시대, 궁궐이 가깝고 궁을 드나드는 벼슬아치들이 많이 살았었기에 궁인과 사대부들의 귀중품이 거래되던 시장 골목이었다.

근래엔 외국 대사관 숙소가 주변에 있어서 그 가족들이 인사동 일대를 누비는 장면을 어렵지 않게 본다. 일찍이 문화에 눈을 돌린 그들은 우리의 전통문화를 잇는 골동품과 보물들을 사들이는 거점지로 그곳을 택했고, 즐비하게 늘어선 골동품 상점엔 외국인으로 문전성시를 이루었다. 우리의 문화재급도 밀매가 되었을 것 같다. 내국인이라고는 물건을 조달해 주는 고물 수집상 정도였다.

그때의 우리 GNP는 100 $ 에도 훨씬 미치지 못하는 수준으로 6 · 25전쟁의 후유증을 떨쳐 내지 못했을 때이고 저개발국가가 겪는 빈곤에 시달렸다. 먹고사는 문제가 시급했던 정부에서는 5개년개발계획의 기치를 들고 개도국의 대열에 끼려고 안간힘을 써 가며 국민 계몽운동하느라 문화재에 관심 둘 겨를이 없었나 보다.

'이북굴' 에 사시는 할머니도 예외는 아니었다. 가세가 기울면서 살림이 구차해지니 젊어서부터 소장해 오던 귀중품을 호구지책의 수단으로 삼았다. 중풍을 앓는 할아버지를 모시고 한양에서 시골로 피접(避接)할 때도 마차로 실어 나르면서 소중하게 간직했던 소장품들이었다.

1951년 겨울 전쟁의 포화와 총성 속에서도 피난을 마다하고 지켜냈던 것들을 하나 둘씩 골동품 수집상에게 넘겨준 것이다. 고서화와 민화, 뒤주 위에 가지런히 진열한 크고 작은 생활 자기와 백자(白瓷), 매병(梅瓶), 청룡 항아리와 갖가지 모양의 연적, 벼루까지도 남아나지 않았다.

꿈틀거리며 승천할 것 같은 용무늬 항아리, 윤기가 흐르고 은은한 색조를 띤 둥근 백자 항아리, 꼿꼿하고 카랑카랑한 할머니의 모습을 닮은 매병에서는 새로 빚은 맑은 청주가 넘쳐 나올 것만 같았던 그 소장품의 행방이 궁금하다. 국내 어디선가 어느 애호가의 눈길을 끌고 있겠지 여기면서도, 송두리째 국외로 유출되어 영영 제나라 구경을 못하는 것은 아닌지 염려도 된다.

마침 개성이 고향인 이회림 옹이 국외로 유출될 뻔한 문화재를 사들여 만든 박물관을 인천시에 기증했다는 보도가 눈에 들어온다. 조금이나마 위로가 된다.

수십 년이 흘러 할머니의 나이가 된 지금에야 진품 명품이었을 소장품들이 생각나 애틋함이 가슴에 아로새겨진다. 도자기 축제가 열리는 이천도요를 방문하여 몇 시간씩 머무르면서 눈 맞춤해 보지만 속은 여전히 허전하다.

진품 명품은 아니지만 청화백자와 상감을 입힌 청자, 덤벙, 귀얄 분청사기를 몇 점 구입하여 현관 입구에 진열했다. 할머니처럼 오가며 쓰다듬으니 선(禪)을 하는 듯 착각 속에 빠져든다.

우면산의 수난(受難)

식전에 사과 한 개로 속을 다스린다.

어릴 적 대구사과 맛은 환상이었는데 요즘은 충주사과 맛이 싱그럽다. 농가에선 더 향긋한 사과로 소비자의 입맛에 다가서려고 땀을 흘린다. 품종개량과 재배지 선정이 관건인데, 온대 과일인 사과 재배 한계선이 영월까지 북상했단다. 과수 재배지의 확장으로 값싸고 맛있는 사과를 먹을 수 있으리라 여겼는데 작황이 신통치 않단다.

한반도의 온대성 기후가 아열대성으로 바뀌어 가고 있음을 알리는 신호다. 아열대성 과일 망고, 파파야가 남부 지방을 중심으로 재배되고 있는 것도 증거로 충분하다. 말로만 듣던 기후변화, 기상이변이 코앞에 닥쳤다. 강진, 쓰나미, 화산 폭발,

토네이도, 강의 범람이 남의 나라 일이 아니다.

올봄은 이상저온으로 봄을 가늠할 수가 없더니 황사 마스크를 착용한 행인이 부쩍 늘었다. 여름 하늘은 폭염이 아니면 집중호우다. 예고 없는 재난이 번번이 한반도를 강타한다.

지난해 가을엔 고령의 가로수들이 맥없이 넘어지더니 올해는 국제적인 도시를 꿈꾸는 '디자인 서울'의 심장부가 물 폭탄을 이겨 내지 못하고 저수지가 되었다. 장마는 한 달 이상 계속되었고, 하늘에선 연간 강수량의 반 이상을 며칠 사이에 퍼부었다. 퍼붓는 빗줄기를 견뎌 내지 못한 우면산도 수난을 당했다. 토사를 쏟아 내고 지축을 흔들며 인간이 땀 흘려 쌓아 놓은 재물과 인명까지 앗아 갔다. 누가 우면산이 무너져 내리라고 상상이나 했겠는가.

내 어릴 적 놀이터가 우면산 자락이고 갖가지 야생식물이 소꿉놀이 재료가 되어 주었기에 그곳 들녘에서 지내던 날들이 새롭다. 크지 않은 마을엔 또래 친구가 한 명뿐이었다.

고등학교와 대학생인 마을 오빠들은 새로운 세상을 동경해서인지 6·25 전쟁 중에 완장을 차고 지주를 색출하는 역할에 앞장섰다. 그해 우면산 자락엔 전투기가 떨어지고 쑥대밭으로 파인 이후 마을은 다시 되살아나지 못했다.

그들은 미아리고개를 넘어 북쪽으로 향했고, 선동가의 집 대문엔 패가를 알리는 못 박음질이 오랫동안 이어졌다. 철모르던 갓난쟁이 후손까지도 기를 펴지 못하고 자라더니 어미의 등에 업혀 알지 못할 곳으로 떠났다. 불운의 기억을 품은 내 옛 터전에 더 이상의 재난은 없어야 한다.

어릴 적에 만났던 그 나무, 그 터에 말을 건네면 나뭇잎은 사각거리며 응수를 해 주고 바람 한 점까지도 아끼지 않고 내줘서 살가웠다. 인걸은 떠났어도 옛날의 내 터전은 모습 그대로여서 사랑스럽고, 자부심에 들뜨곤 했던 우면산이 제 몸을 축내 가며 할퀸 몰골을 내보이다니 마음이 짠하다.

제 몸을 절개하여 '남부순환로'를 내도, 각종 시설이 들어서도, 수많은 차량이 내뿜는 매연에도 말없이 그 몫을 마다하지 않았는데, 무분별하게 치장하고 여러 시설로 새 옷을 입히려 하니 견디다 못해 발버둥친 것일까.

한 치 앞을 내다볼 수 없음이 세상사지만, 우면산의 수난이 또 다른 예고가 아니길 바라면서 놀란 가슴을 쓸어내린다.

정보 사냥

대화는 삶에 활력소가 된다.

지난날, 직장 동료들과 대화를 나눌 때는 여러 가지 소식과 새로운 정보가 오갔다. 서로서로는 멘토가 되어 주면서 삶의 지혜를 익혔고 사회생활의 버팀목이 되어 주었다.

직장을 퇴직한 후로는 대화에 굶주리며 산다. 온종일 입을 다물고 있는 날이 허다하고 그나마 몇 마디 나눌 수 있는 상대는 또래 노인뿐이어서 정보를 얻는다는 것은 가뭄에 콩 싹틔우기만큼이나 어렵다.

어느 곳에서나 공존을 위해선 손수 정보사냥을 나서야 하지만 새롭게 양산되는 모든 것을 알기에는 역부족이다. 젊은 시절보다 더 많은 시간을 할애해 가며 익혀도 어눌하기만 하고 좀처럼 내 것이 안 된다. 그나마 알고 있던 상식이나 지식은 낡고 쓸모가 덜하여 젊은이와 이야기를 나눌 기회라도 생기면 의미 전달에 차질이 생긴다.

일전에는 신문 칼럼에서 나온 새 용어를 익혀 두려고 여러 번 읽고 암기했는데도 P와의 대화 도중에 기억해 내지 못해서 진땀을 흘렸다. 기억력 감퇴가 확실하다. 책을 읽어도 앞쪽에서 읽은 내용을 확인하느라 몇 번이고 뒤적이다가 시간을 낭비하기 일쑤고, 책을 덮고 나면 머리만 무거울 뿐 무엇을 읽었는지 생각이 나지 않을 때가 종종 있다.

사람을 만나 대화를 하면 뇌세포의 소멸이 지연될 것 같고, 대화와 함께 마음까지도 주고받으면 행복한 삶을 보장받을 것 같다.

이야깃거리를 만들기 위해서 분주다사한 생활을 자청했다. 이른 새벽부터 조간신문을 샅샅이 읽고, 서점엘 들러 신간 서적과 베스트 순위에 오른 목록을 살피고, 내용을 파악한다. 경제 분야에도 해박한 상식을 갖추려고 애쓰며 문화면에도 관심을 갖는다.

젊은 세대가 즐기는 음악에 관심을 기울이고 미술전시회도 관람한다. 솟구치는 감정을 몸으로 발산하는 스포츠와 헬스에도 동참한다. 방송의 뉴스, 오락 프로도 놓쳐선 안 되며 사이버 세상에도 기웃거린다. 교통수단으로 즐겨 이용하는 전철에도 여러 종류의 정보가 있어서 전철 광고판을 빼지 않고 본다.

생소한 광고가 눈에 들어온다. 디지털대학교가 '얼굴경영학과'를 개설하고 학생을 모집하는 광고다. '얼굴경영'이란 낱말이 어색하여 몇 번이고 눈길을 머뭇거리다가 '관상연구'의 또 다른 표현으로 여겼다.

디지털대학교의 사이버 주소창을 열고 교육과정을 살폈다. '아날로그'에 반하는 '디지털'은 전문화와 특성화를 지향하는 의미로 이해하였고, '얼굴경영'이란 인상관리의 방법론 연구와 자신의 이미지를 성공적으로 관리하고 트레이닝한다고 소개되어 있다.

사주팔자를 예측하는 점술가의 영역으로 알고 있었던 '관상'이 학문으로 인정되다니 격세지감이 아닐 수 없다.

'토정비결'이란 단어가 기억 속에서 되살아났다. 갑자기 얼굴이 달아오른다. 외조부님에 대한 송구스러움 때문만은 아니다. 중학교 시절 등하교하는 대로변 길가에 흰 수염을 길게 기르신 외조부님이 돗자리를 펴고 행인에게 관상, 수상, 토정비결을 봐주고 용돈을 마련하시는 전경이 펼쳐진다. 한참 부끄러움이 많던 소녀 시절이었다. 외할아버지를 외면하고 먼 뒷골목으로 돌아가고 친구에게 들킬세라 전전긍긍했었다.

'얼굴경영학과' 졸업 후의 진로도 다양하다. 기업체의 최고경영자, 행정부서의 전문가, 면접관, 사회복지 분야, 심리상담원, 강사 등으로 활동할 수 있단다. 날로 젊은이의 실업률이 높아 가는 실정에서 취업 문을 열 수 있는 대안으로 적합한 학과라고 생각되어 고개가 끄떡여진다.

굴지의 사업을 경영하는 어느 리더는 사업 이념에 적합한 인재를 가려내기 위해 면접시험을 직접 관장한다고 하지 않던가. 취업뿐만 아니라 좋은 관상을 지닌 사람은 처세에서도 우위를 차지하고 호감 사기 마련이어서 누구에게나 인상 만들기에 대한 선호는 지속될 것 같다.

아름다움을 추구하는 모든 이들은 트레이닝뿐 아니라, 성형을 해서라도 아름다워지기를 원한다. 역사를 바꾸어 놓은 여인들 모두가 아름다움을 지니지 않았던가.

젊은이가 들끓는 유행의 거리엔 예외 없이 '성형외과' 병원이 상상을 초월할 만큼 군집해 있다. 젊은이의 메카이고 소비의 천국으로 불리는 S나 Y거리에 있는 '성형외과'는 초현대식으로 인테리어를 꾸미고 성형된 모습을 제시하면서 고객의 입맛에 맞는 맞춤 성형을 유도한다.

아름다움을 추구하는 젊은이들이 줄지 않는 한 '성형외과'와 '얼굴경영학과'의 만남은 인기 영역 우선순위 차트에서 밀려날 것 같지 않다.

아날로그 세대가 급속도로 발전하는 디지털 시대를 살아가는 것도 힘들지만, 정보의 홍수 속에서 유익한 정보를 가려내는 것도 쉽지만은 않다. 그래도 열심히 정보 사냥하는 것은 세대 차이를 조금이라도 줄이기 위한 나의 안간힘이다.

지금은 몸살 중

고등학교를 졸업하기 전까지 가슴에다 표어를 달고 다녔다.

학생 때, 교복 왼쪽 윗주머니엔 늘 나라가 지향하는 과제가 담긴 표어가 펄럭였다. 학생들의 가슴은 나랏일을 홍보하는 광고판으로 안성맞춤이었다. '불조심 강조 주간, 산림녹화 주간, 불온문서 신고기간, 쥐잡기 운동, 교통도덕 지키기 주간, 수출목표 달성 주간, 농촌 일손돕기 주간, 효도 주간' 헤아릴 수 없이 많은 슬로건이 줄 서 있다.

수업 내용과는 관련이 없는 강연장에도 머릿수 채우기를 위한 소집이 잦았다. 어깨띠를 두르고 시위대에 끼어서 거리를 돌며 계몽해야 했고, 매달 대청소 날엔 새벽부터 거리를 비질하느라 학교엔 지각해도 별문제가 되지 않았다. 국가 차원의

‘새마을운동’ 이 우선이었으니까.

　나라가 어수선하다. 광화문 거리와 여의도는 시위대로 몸살을 앓고 교통은 마비되어 거리를 나설 수가 없다. 수입산 쇠고기 파동이 나라를 흔들어 댄다. 교육부에서 학생 동원 금지령이 있고부터는 공부를 벗어나면서까지 학생들에게 범국민적인 운동에 참가시키지 않는데, 교복 입은 학생이 시위 대열 속에 끼어 한몫을 했다. 주동자의 입김이 인터넷의 효과로 인해 일파만파로 퍼진 것이다.

　시위는 학습을 통해 맞들여진 것이어서 유전자 변형을 일으키면서까지 그들의 핏속에 열성인자로 자리매김했나 보다.

　나라가 뿌리째 흔들거리는 것은 아닌지 우려가 태산 같다. 상가가 철시하고 경제가 나락으로 빠져든다. 방송에선 해결 방안을 찾는 심야 토크쇼가 연일 이어지지만 환부를 도려낼 만한 묘책은 없고 상처만 커 갔다.

　질환은 그것뿐이 아니다. 전염병처럼 번져 가는 촛불 시위, 사업체마다 들끓는 임금 투쟁, 시민의 발을 묶어 놓겠다는 교통 관계자의 엄포, 법원 입구엔 불리한 판결이라고 어깃장을 놓으며 판사 탄핵을 요구하는 붉은 깃발이 진을 치고 있다. 나라가 온통 몸살 중이다.

　요즘처럼 치열한 경쟁 시대에 사는 학생들이 공부에 전념해도 시간이 부족할 텐데, 시위가 몸에 밴 사람들의 손에 이끌려

시위 현장으로 나서야 할 땐가. 어린 학생을 또다시 시위 현장
에 투입시켜 실습을 통한 연수를 시키는 꼴이니 시위가 역사
에서 사라지지 않을 것 같다. 자라나는 학생에겐 불합리한 시
위 의식을 유전시키지 말아야 한다. 나라는 덫에 걸려들어 허
우적거리기만할 뿐, 한 발도 앞으로 나갈 수가 없지 않은가.

　TV채널을 돌리면 위정자들의 힘겨루기와 다툼이 화면에 가
득 차고, 지나간 권력은 볼썽사나운 모습으로 투옥되느라 바
쁘다. 정결하다고 큰소리치던 무리들은 흙탕물에 빠진 생쥐
꼴이다. 사욕을 버리지 못해서 일어나는 사건들이 끝도 없다.
권력을 상속받은 자가 손안에 무기를 들고 한바탕 휘둘렀으니
재난이 피해 갈 리가 없지 않은가. 어리석음으로 무장한 권력
자들이 나라를 좀먹고 갉아 내는 데만 열중했으니 어딘들 편
안하고 풍요가 남았겠는가.

　언성을 높여 가며 권리를 주장하기보다는 심호흡으로 한 박
자 느리게 사는 여유가 필요한 때다.

　순수한 학생들만이라도 사회의 고질병으로부터 구제해야
한다.

균형자의 배려

살아가면서 가슴에 묻어 두어야 할 것이 많다
아이가 말문이 열릴 즈음이면 한시도 입을 다물지 못한다
알고 싶은 것이 많아서고 알리고 싶어서다

청년 시절엔 불타는 가슴이 있고 번뜩이는 욕망이 있어서
내뿜어야만 직성이 풀린다

나이 들어서도 앞뒤가림 없이 나설까 봐 균형자는 지혜를 발
한다
노년이 되면 눈빛이 흐릿해지고 소리는 귓가에서 맴돈다
더 보려 하지 말고 더 듣지 말라는 신호이니 아쉬워할 것만

은 못된다

　보이고 들리면 노여움이 골 깊어지고 멍들고 상처 날 거리가
많아지기 마련이니 균형자의 배려가 아닌가

　석삼년,
눈귀 닫고 말수 줄여 가며 가슴에 묻어 두었던
궤적들을 맛깔스런 글귀에 꿰어서 목에 걸면
균형자는 미소로 답하겠지

깃털이고 싶어

가벼워지고 싶다.

그물망처럼 뇌리에 얽혀 있는 갖가지 기억들이 큰 짐이 되어서인지, 걸친 옷가지조차도 무게로 느껴진다. 그런 날엔 집안에 아무렇게나 쌓여 있는 물건들을 정리한다. 버릴 것을 주섬주섬 가려내다 보면 삶의 흔적들이 훼방하기 일쑤다. 한 조각 기억들이 운무 속에서 방황하다가 하루를 빼앗아 버리니 머릿속은 더 뻐근해진다.

어머니의 결단이 부럽다. 어머닌 옷 한 벌만을 남겨 놓고 모든 것을 이웃에 나눠 주셨다. "산자의 물건은 나눠 써도 되지만, 망자의 물건을 나눌 수는 없다."고 하며 홀가분해하시던 모습이 더없이 행복해 보였다. 이승을 떠날 때, 수의 대신 남겨 둔 연분홍빛 비단 치마저고리를 입혀서 보내 달라고 부탁하셨 던 어머닐 닮지 못하고 욕심에 연연하는 내 행색이 가엾다.

스스로를 다스리지 못한 불찰을 수없이 뉘우쳐 보지만 언제 나 그때뿐이다. 모두를 뒤로하고 빈손으로 초라한 나만의 여 정을 따라 걷는다. 어머니처럼 용기를 내지 못하는 소심한 내 게, 어깨를 내어주며 기대어 보라는 자연이 있어서 고맙다. 짙 푸른 창공에 눈이 시리고 바람에 이는 물비늘이 가슴속에서 출렁인다. 숲이 마련한 그늘이 넉넉한 품으로 감싸 주니 여생 의 동반자는 자연이다.

강가에서나 숲속에서 자연과 조우하길 좋아한다. 가슴에 묻 어 두었던 상처를 하소연하듯 늘어놓으면 답답하던 가슴이 묘 약을 마신 듯 후련해진다. 생각을 정리해야 할 때도 숲속을 걷 는다. 물밀려 오듯 섧게 흐느껴지는 외로움이 강가에 떠 있는 배 한 척에 위안받고 환하게 웃음 짓는 달맞이꽃에 기댄다.

발길을 되돌리며 마음을 다잡는다. 끈적거리는 기억들일랑 모두 지워 버리고 무거운 짐들을 필요한 이들에게 나눠 주고 깃털이 되련다.

사철 걸려만 있는 옷가지, 구석구석 박혀 있는 가재도구, 행 여 언젠가 한번쯤 쓰일 것 같아 남겨 둔 그릇, 주는 이의 정성 과 사연이 아까워 간직해 두었던 물건, 책장에 갇혀서 숨 한

번 제대로 쉬어 보지 못한 책, 색 바래고 어설픈 모습으로 포
즈를 취한 사진들, 모두가 버릴 것뿐이니 아쉬울 것이 없다.
　모두 훌훌 털어 버리고 진정 가벼운 깃털이고 싶다.

7장

유 선생 반 아이들

버리는 연습

창고 구석에서 먼지에 뒤덮인 타자기를 발견했다.

한참 동안 옛 기억에서 헤어나지 못했다. 열악한 학교 근무 조건 때문에 겪었던 일화들이 영사기 속에서 필름을 타고 되돌아 나온다.

시험 기간이 되면 출제한 문제를 '가리방'에서 긁어야 하는데, 철판 차지하기가 쉽지 않다. 선배 교사, 날쌘 교사의 뒷전에 밀려 모두가 돌려가며 사용하고 난 뒤에야 내 차지가 되곤 했다. 눈금이 다 문드러져 철판에 철필이 닿으면 원지가 찢겨나가서 사용하기가 여간 불편한 게 아니다. 겨우 등사원지를 만들고 손에 잉크를 묻혀 가며 인쇄를 하고 시험 시간에 맞추느라 허둥대길 여러 번이다.

문구를 팔러 다니는 이동 주부에게 부탁해서 급여 반 달치를 지불하고 일제 '크라운표 철판'을 구입했다. 모두가 어려운 시절이었기에 과용이 만용처럼 보일까 봐 잔뜩 어깨를 움츠리면서.

평가와 채점이 끝나면 성적 합산도 문제다. 신경을 곤두세워서 주판을 굴려 보는데, 합계가 맞지 않는다. 그땐 담임 반 학생 주판 왕 '남인'이의 손을 빌려야 하는데 그마저도 선약에 밀려 순위가 제일 뒤여서 답답함은 여전하다. 급여를 또 털어야 했다. 우리나라에선 아직 개발되지 않은 '컬큐레타'를 구입하여 통계 처리를 해 보니 정확하고 빨라서 수작업의 폐단을 줄일 수 있었다.

연간교육계획서와 각종 보고서를 작성하려면 수없이 쓰고 정서해야 한다. 원고를 되쓰고 수정하길 여러 번 하노라면 중지 마디에 굳은살이 생기고 손목이 시큰거린다. 문제점 해결은 개인 몫이었기에 '외제 타자기'에 눈독을 들이고 한 달 봉급을 투자했다. 컴퓨터가 생활에 등장하고부터 그도 뒷전에 밀려 구석에서 뽀얗게 먼지를 쓴 채 머물길 20년이 넘는다.

분에 넘치는 대가를 치른 물건들은 더 소중히 여기기 마련이고 그게 생활의 미덕이었다. 세월의 흐름만큼이나 간직해야 할 것들이 많아졌다. 불어난 물건들로 인해 공간은 협소해지

고, 생활은 불편했을 텐데도 넘치는 물건들의 노예가 되어선
지 그런대로 지내다가 가족에게 핀잔 듣길 여러 번이다. 쓰지
않는 물건은 버리고 없애란다. 지난날 미덕이라 여기며 아꼈
던 버릇이 오늘 풍요의 삶 속에선 악습이 될 줄이야.

더 이상 정리정돈을 미루지 말아야 할 때가 된 것 같다. 막상
마음을 정하고 나니 머릿밑이 더 어지럽다. 이미지 상으론 가
지런해야 할 화장대가 어수선하고, 옷가지는 절기에 관계없이
뒤섞여 있어서다. 오랫동안 손길이 닿지 않던 잡동사니도 마
음을 무겁게 한다. 주방기구는 더 이상 수납할 공간이 없다.

밤이 깊도록 책장에서 먼지가 뽀얗게 내려앉은 책들을 꺼낸
다. 이젠 옛 문헌에 불과하고 참고 서적으론 수명을 다한 것들
이다. 지질은 누렇게 변했고 글씨는 조잡해서 더 이상 장서로
아껴 두기엔 가치가 없는 서적이 대부분이다.

밤이 다가도록 일은 끝날 기색이 보이질 않는다. 책, 옷가지,
그릇, 잡동사니, 냉동실의 쓰다 남은 식재료까지도 과감하게
버리고 정리하려면 얼마나 많은 시간을 소비해야 하는 걸까.

언젠가는 다시 쓸 것만 같아서 간직하고, 때론 빛바랜 추억
이 그 안에 얽혀 있어서 못 없애고, 별 생각 없이 그냥 놔뒀던
조각들이 짐이 되었으니 쓰레기 쌓기에 연연하며 어리석게 살
아온 삶이다.

쓰레기는 그뿐이 아니다. 살아오는 동안 내 기억의 뒷길에
서 돌고 도는 편린들이 내딛는 발을 걸며 삶을 훼방하고 있으

니 내 안의 쓰레기도 말끔하게 쏟아내고 복잡한 삶에서 벗어
나야 한다.

　이젠 과감하게 버리는 연습을 하며 가볍게 살도록 해야겠
다.

유 선생 반 아이들

멈춰 선 철마가 소원을 이룰 것 같다.

북한이 금강산 개방에 이어 개성공단, 백두산도 육로 관광의 명목으로 움켜쥔 아귀를 편다고 하니 숨통이 트인다.

경원선 열차를 타고 38선을 지나 초임지에 도착했을 때다. 사격장의 대포 소리가 천지간을 뒤흔들고 포화는 밤하늘을 찢는다. 새벽녘이면 북풍에 실려 오는 대남(對南) 방송에 몸서리가 처지고 치아가 맞부딪혀 견뎌 내기가 힘들어서 서울로 되돌아갈까 망설여 보지만, 홀로 사 남매의 끼니를 해결해야 하는 어머니를 생각하지 않을 수가 없었다. 다행히 일선에 주둔하는 군인 가족을 사귈 기회가 있어서 용기를 얻게 되었고, 통일이 되면 원산 땅을 찾아 명사십리 해당화를 구경하자고 약속하던 기억이 새롭다.

구릿빛 얼굴에 주름살이 깊게 파인 세중이 할머니와 열차에서 우연히 마주쳤다. 손자의 일로 중학교를 무시로 드나들던 노인이어서 연민의 정이 앞서곤 했는데, 인사가 오가자 아이 이야기부터 꺼낸다. "고등학교에 가선 할미 오라는 소리가 없구먼요." 노인은 한시름 놓은 듯 손자의 이야길 들려준다. 실업고에서 반장을 한다면서 의기양양한 표정을 짓는다.

세중이네 반에선 사건이 끊이질 않았다. '쨍그렁' 교실 뒷벽에 걸려 있는 거울이 또 깨졌다. 반 아이들은 쉬는 시간마다 거울 앞으로 모여들어 여드름을 짜 댄다. 누가 먼저랄 것 없이 덮치고 밀치면서 북새통이다.

다음 날이면 어디서 가져왔는지 거울은 제자리에 다시 걸리고 상황은 여전히 반복된다. 학생과 복도 바닥에 엎드려 진술서를 쓰고 있는 아이들은 모두 유 선생 반이다.

체구가 작은 아이들은 보초병의 임무를 띠고서 화장실 문지기 노릇을 한다. 힘깨나 쓰는 아이는 좁은 공간에 둘러서서 돌려가며 담배를 피우지만 학생부장 선생님에게 습격당하기 마련이다. 여자 친구에게 기념 선물을 사 주겠다고 주유소에서 아르바이트하다가 잡혀 오는 아이도, 오리걸음으로 운동장을 도느라고 진땀을 빼는 아이도 그 반이다.

교실은 종종 난장판이 된다. 다리 한쪽이 부러져 나간 세 다리 걸상에 엉거주춤 기대어 수업을 받으면서도 아랑곳하질 않는 아이, 티격태격 시비도 잦고 힘을 겨루다가 선혈이 낭자한 사건이 발생해도 삽시간에 처리하고선 담임에겐 침묵으로 일관하는 아이들, 책가방엔 교과서와 학습용 노트는 없어도 가수나 탤런트의 사진을 스크랩하여 지니고 다니는 것은 기본이다.

출근을 하자마자 전화벨 소리가 요란하다. "식사 지도는 하는 겁니까. 아이들이 밥을 제대로 먹을 수가 없어요." 학부모의 거센 항의다. 식탐이 심한 세중이 짓임을 직감한다. 복장 위반과 용의 불결로 지적을 자주 받는 그 아이는 반 아이들의 도시락을 축내는 도사다. 학부모 상담을 요청하면 늘 할머니가 오셔서 젊은 담임 앞에서 고개를 숙인다. 성적은 늘 최하위다.

학급을 운영할 때 내게도 아픔이 있었다. 담임이라면 누구라도 경험해 본 사건이다. 잡기에 능한 아이들이 많아서 교실은 늘 북새통이고 학급 비품은 싸움질하는 도구가 된다. 새로 부임해 온 교사에게 황당한 질문을 해서 담임을 곤경에 빠뜨리고 사과를 대신하게 한다. 성적 순위는 밑바닥이어서 면목이 서질 않는다. 이유가 분분하다. 섭이는 시험기간 중에 집안에 잔치가 있어서, 석이는 문제의 정답을 한 칸씩 밀려 썼단다. 재민이는 체육 활동에만 열중이다. 석일인 끈질긴 구석이 없다. 공부할 것이 너무 많아서 아예 포기를 했다며 당당하게 대답하는 아이도 있다. 열심히 하겠노라고 약속만 남발할 뿐 기대할 수 없는 홍이는 다부진 구석이 없고 게으르다. 자신을 합리화하는 데는 모두가 능숙하다.

담임의 탓은 아닌지 반성해 본다. 반 아이들과 대화의 시간을 갖지 못했나, 아이들에게 미래에 대한 꿈 이야기를 많이 못 들려준 것인가, 자기 성찰의 계기를 만들어 주지 못했나. 심각하게 문제성 있는 아이는 없는지 구석구석을 기웃거려 본다. 상찬(賞讚)의 효과도 기대할 수가 없었다. 고교 진학을 앞두고 학부모 상담을 시도했는데 보호자는 아이들보다 더 관심이 없다.

마침 국가 차원에서 전국 각지에 전자산업 육성을 위한 공고가 세워졌고, 학생 유치에 나설 때여서 반 아이들의 진학엔 무리가 없었다.

선두 대열에서 세계의 전자산업을 이끌어 가는 우리의 국력 뒤엔 그 아이들의 두뇌와 땀이 있다. 정보화 전쟁에서 승리를 이끌어 냈고, IT산업의 주역으로 뛰고 있는 인재, 가정에선 자상한 아버지다.

장한 그들이 가족을 동행하고 스승을 찾아 내 앞에 섰다. "할머니 선생님, 우리 아빠는 공부를 어떻게 했나요.", 귀염둥이 '아름' 이의 질문 공세다. 묻고 싶은 것이 많단다. "응, 잘했

지, 모범생이야, 반장도 했는걸, 반 대항 축구 시합에선 늘 일
등을 했단다.” 그 녀석들은 스승과 제 아이들의 대화를 들으
면서 파안대소다.

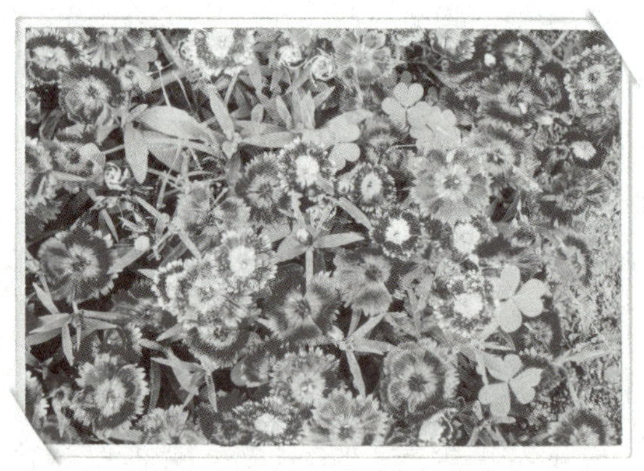

금쪽같은 아침 시간

출근하는 직장인에게 아침 시간은 금쪽같다.

새벽녘 단잠에서 깨어나면서부터 가사와 출근 준비를 한꺼번에 해내느라고 종종걸음으로 집안을 수십 바퀴 돌고 나면 해는 중천에 와 있다. 준비가 지체되어 5분 정도 늦게 집을 나서면 교통 체증으로 길이 막혀 30분, 때론 1시간을 거리에서 헤매게 되니, 아침 시간은 그 어떤 것과도 바꿀 수 없는 금쪽같은 시간이다.

대강 몸단장을 하고 출근길에 나서면 교통지옥이 입을 널름거리며 벼르고 있어서 한순간도 마음 편하게 출근해 본 기억이 없다. 배차 간격을 종잡을 수 없는 시외버스를 기다려 겨우 승차하고 나면, 병목현상이 있는 거리에선 각종 차량이 뒤범

벽이 된다. 차 안의 승객은 마음만 조급할 뿐 속수무책이고 지참이 염려된 내 가슴은 방망이질로 멍이 든다. 온몸에 땀을 후줄근하게 흘리면서 직장에 들어서면 상사의 시선은 가시가 되어 내게 꽂히고, 계면쩍어 쥐구멍을 찾는 사태가 퇴근 시간까지 이어진다.

버스로 출근하던 때였다. 버스의 파업으로 발이 묶였기에 깊은 잠 속에 빠져 있는 H를 깨워서 승용차로 데려다 달라고 부탁했다. 거리에 나서 보니 뉘에게나 사정은 마찬가지여서 승용차의 물결은 강변도로를 주·정차장으로 바꿔 놨다. 차라리 차를 버리고 걷는 편이 훨씬 빠를 것 같았다. 평소와는 달리 이른 아침부터 거동하여 생체리듬에 무리수가 있었던 탓인지 H에게 난처한 사정이 생겼다.

움직임이 없는 차 안에서 안절부절못하며 진땀까지 흘린다. 겨우 차량 행렬에서 빠져나온 그는 해우소가 있을 만한 큰 건물로 들어갔다. 앞뒤 사정을 가늠할 처지도 못되고, 사전 양해를 받을 입장도 아니어서 눈에 띄는 대로 황급히 들어선 곳이 하필 산부인과 여성전용 화장실이었다. 남성전용 화장실이 있었다 해도 보일 리 없겠지만…….

그게 화근이었다. 용무가 끝나기도 전에 문 밖에선 어서 나오라며 거친 항의와 함께 여러 사람의 목소리가 들려오고, 방망이까지 휘두르며 폭력을 가할 기세였다. 신생아를 훔쳐 가는 치한으로 오해한 거였다.

아뿔싸, 겁에 질린 채 꼼짝없이 좁은 공간에 갇힌 신세가 된 그는 내 출근길을 도와주려다가 아침부터 날벼락을 맞았다. 경찰이 출두하고서야 혐의가 풀렸지만 당시의 목격자는 출산을 하고서 불안이 극치에 달한 산모였으니 오해의 여지는 충분했다.

오비이락(烏飛梨落)이라고, 그 며칠 전 안양에 있는 모 산부인과에서 신생아를 잃어버린 사건이 발생해 매스컴에서 연일 보도하여 국민적인 관심사가 고조되었을 때였다.

병원 측과 모성 본능이 발동한 산모의 과민 반응을 탓할 수는 없다. 산부인과의 출입은 가족을 제외하곤 금남의 집이 아니던가. 이젠 출근길에 있었던 잊지 못할 에피소드가 됐다.

직장 생활의 어려움은 출퇴근에 있다. 해결책으로 승용차를 구입하여 통근했다. 아침 시간의 여유로움은 생활에 윤기를 주었고 소시민의 긍지를 느끼며 희망찬 나날을 보냈는데, 즐거움은 얼마 안 가서 물거품이 되고 또 다른 곳에 복병이 기다리고 있었다.

출근의 고통은 나만의 것이 아니어서 직장에도 차량이 한두 대씩 늘어나더니 주차 공간의 확보에 불이 붙었고, 이른 시간부터 출근 전쟁을 해야만 한다. 도로에도 몇 년 사이에 '나 홀로 운전자'가 늘어나면서 교통대란은 끝이 보이지 않았다.

다시 출근 방법을 바꾸기로 했다. 몇 번씩이나 차를 갈아타야 하는 불편이 있더라도 전철로 통근을 해 보니 시간만큼은 정확하게 지킬 수 있었다. 상사의 눈치를 보는 일이 없어졌고

스트레스도 줄었다.

오랜만에 만나는 친구와의 약속 시간도, 주말이면 어김없이 참석해야 하는 결혼식장에도 편하게 갈 수 있어서 교통수단으로는 전철이 안성맞춤이다.

퇴근길, 지하철을 타기 위해 역사로 향하니 파업 소식이 들린다. 역사는 마치 지난날의 시외버스 대합실을 연상케 한다. 노·사 간의 대화의 단절이 빚어 놓은 산물이다.

다음 날이 되어도 시민의 발은 그대로 묶였다. 지각대란은 불 보듯 뻔하고, 그로인해 파생되는 저마다의 사정은 어느 것으로도 대처할 수 없고 책임질 주체도 없다. 소수의 과욕이 다수의 행동을 가로막으며 모두가 네 탓이라고 목청만 높이고 있으니 서민은 고래 싸움에 새우 등이 터지는 형국이다.

평소에 지하철의 우수성을 알리면서 환경 정화와 연료비 절감으로 경제에 보탬도 되니 '나 홀로 운전석'에서 떠나라고 권하던 내 입장이 무색하다.

우리나라는 데모나 파업이 지나치게 흔하다. 기업은 거센 저항이 없는 곳으로 자리를 옮기고 생산업체는 저임금 국가를 찾아 떠나고 있는 형편을 감안하는 지혜가 있어야 한다. 때론 논쟁이 발전이나 개혁의 밑거름이 될 수도 있지만, 적어도 다수의 서민을 볼모로 삼는 파업은 그만했으면 좋겠다.

일인 시위하면서 주장과 입장을 국민에게 알리며 민주적으로 행하는 데모도 있지 않은가. 거리로 나선 데모대가 교통 체증을 가속시키는 것을 예사로 여기고 있는 것도 민·관 모두에게 문제가 있었던 탓이다.

관행상 목소리만 키우면 곧바로 해결점을 찾을 수 있었던 잘못된 전례, 양심의 소리로 말하지 못하고 양심의 소리를 듣지 않으려는 사람들이 너무 많은 세상이다. 이젠 머리에 붉은 띠를 두르고 '쟁취'라고 쓴 글자만 보아도 불안하다. 생업에도 지장을 주는 행위, 그 폐해가 여기저기에서 드러나고 있다.

다시는 서민의 금쪽같은 시간과 발을 묶는 일이 없길 바란다.

꽃밭

과꽃이 가득 담긴 꽃바구니에 눈길이 머문다.

해맑게 웃음 짓는 갓난아이의 얼굴을 보는 듯 귀엽고 앙증맞은 꽃이다. 연보랏빛으로 물든 꽃송이는 곱게 단장한 가을 여인의 모습을 닮았다. 언니의 승진을 축하하기 위한 동생의 배려다. 꽃 속에선 자매의 끈끈한 정까지 흥건하게 묻어난다.

언제나 꽃 선물을 받으면 들뜬 기분에 얼굴까지 상기되지만 꽃이 다 피지도 못한 채 시들고 퇴색하여 보내 준 이의 체취를 오래 간직하기엔 아쉬움이 남는다.

나는 기회가 있을 때마다 절화로 꽃꽂이를 한 꽃바구니보다 화분에 담긴 꽃으로 축하를 대신한다. 물을 주고 가꾸는 시간만이라도 조용히 사색하며 마음의 여유를 가져 주길 바라면서……

꽃집을 운영하고 싶었다. 그 소망을 이루어 본 적은 없었어도 쉼 없이 꽃을 심고 가꾸며 정을 쏟을 수 있었던 것은 어릴 적에 산과 들로 뛰어다니며 초목을 가까이한 덕이다.

아직도 내 기억 저편엔 들녘의 풋풋한 바람 냄새, 개울을 따라 흐르는 맑은 물소리, 왁자지껄 떠들던 소녀들의 낭랑한 음성이 가득하다. 요즘처럼 시험공부에 매달리지 않아도 되었으니 학교에 머무는 시간을 제외하고는 친구와 어울려 노는 게 일과였다.

쌍을 지어 나는 잠자리와 오색찬란한 색을 띤 나비에 반해서 이슥한 저녁이 되서야 귀가를 했고, 할머니의 불호령이 기다려도 그날뿐이었다. 바다가 지척인 충무동에 살 땐 바다 생물이 놀이기구가 되곤 했다. 지금도 어린 시절에 보아 왔던 초목이 눈에 띄면 반갑고 정겨워서 이름 부르기를 주저하지 않는다.

내 학창 시절과는 판이한 환경 속에서 살아가는 지금의 청소년들을 보면 격세지감을 느끼게 된다. 그들은 자연에 무감각하고 태양을 쳐다볼 줄을 모른다. 들과 산의 초목엔 애당초 관심이 없다. 봄·가을 소풍에서도 놀이기구를 타면서 '스트레스'를 풀어내야 성이 차는 아이들이니 자연을 접할 기회가 적은 그들에게 잡초와 잔디를 구별하라는 것은 무리다.

야생화를 보고도 아름다움을 느끼지 못하고 장미꽃 향기에 머리를 앓은 아이도 있다. 나뭇잎이 흔들리고 싱그러운 바람이 불면 심호흡은커녕 교실 창문을 닫아 버린다. 오직 시험을 위한 삶이고 보니 어쩌다 자유 시간이 생겨도 제 시간으로 쓰지 못하고 입시 경쟁의 틈바구니에서 허우적거릴 뿐이다. '입시 우리' 에 갇혀 있는 그들을 더는 그냥 놔둘 수가 없어서 짐을 덜어 주어야겠다고 맘을 먹으니 갑자기 바빠진다.

취기가 서릴 만큼 신선한 공기와 꽃향기가 가득한 꽃밭을 가꾸어 놓으면 흐드러지게 핀 꽃을 감상하면서 가슴에 촉촉한 생기도 돌 것 같다. 어깨 위론 따사로운 햇볕이 내려앉을 것이고.

엷은 햇살이 가슴속으로 파고들면서 봄바람까지 살랑거리는 오후에 서둘러 양재동 농원에 들렀다. 선친의 가업을 이어가며 품종개량에 혼을 쏟는 꽃집 주인은 목화송이가 연상되는 보드랍고 정이 넘치는 음성으로 반갑게 맞아 준다.

도예가 명인의 작품이라며 주둥이가 정교하게 빚어진 종지 모양의 찻잔에 작설과 재스민을 섞어 우려낸 차를 정성스레 건네준다. 차향이 넘치고 모자람 없이 살포시 콧등에 와 닿는다. 탁자엔 지피줄기 식물이 '아치형' 틀에 묶여 지구본 모양을 하고 있어 눈길을 끈다. 희귀품종 '시계초' 다.

꽃집 주인의 자상한 안내로 어린 묘목과 구근으로 화단이 꾸며졌고 오십여 평 남짓한 꽃밭엔 은방울꽃, 무늬옥잠화, 말발톱, 수호초, 금낭화, 원추리, 비비추, 패랭이, 할미꽃까지 갖가지 야생화가 해맑게 활짝 피었다.

화사해진 교정에 생동감이 돈다. 꽃밭을 기웃거리는 아이들이 많아졌다. 얼굴에 환한 웃음이 가득 고인다. 방송반 학생은 사진기를 들고 나온다. 아이들의 말문이 열렸다. 야생화가 이렇게 은은하고 고운 줄은 미처 몰랐다며 꽃 이름표를 달아 달란다. 친구에게 메일을 보내서 꽃 자랑을 하겠단다.

실내 생활에 길들여진 '교실파' 아이들도 문을 박차고 나와 꽃밭 향기에 만취한다. 꽃을 사랑하는 마음이 생기고 가슴이 촉촉하게 적셔지나 보다. 소중한 성과다.

감수성이 예민한 학생들이 꽃밭에서 머무는 것을 보니 흐뭇하기 이를 데 없다.

영심이

황금빛 은행잎이 꽃비가 되어 흩날리는 날엔 '영심이' 가 눈에 밟힌다.

'서삼능' 근처의 자그마한 초등학교 분교에 있는 샘터를 입소문으로 알게 되어 한때 약수 물을 길러 다녔다. 암반에서 솟아오르는 샘물을 마시면 청량감이 온몸을 휘감고 정갈한 감미가 혀끝에 머문다. 적막이 감도는 산사와 다르지 않은 곳이었다.

샘물을 긷는 횟수가 잦아지면서 자연스럽게 학교 '지킴이' 를 사귀게 되었고, 서로 살아가는 이야기도 할 만큼 친숙해졌다. 채마밭을 가꾸고 닭과 토끼, 꿩을 기르는 소박한 범부였다.

해가 이지러지면 순식간에 어둠이 찾아드는 곳이어서 숙직하는 일이 만만치 않단다. 서울 근교에 자리하고 있으면서도 개발되지 않은 고도다. 야심한 밤이면 산짐승이 자주 나타나기 때문에 긴장을 늦출 수 없단다. 기르고 있는 삽살개가 그에겐 유일한 파수꾼이다.

바람이 옷깃을 여미게 하는 봄날, 삽살개가 다섯 생명을 출산했다. 어미는 발그레한 새끼를 연신 핥으며 모자의 연을 잇느라 여념이 없다. 통통하게 부어오른 젖을 내어주며 어미의 몫을 다하는 모습이 마냥 성스럽다. 눈이 감겨 있는 새끼들은 용케도 제 젖줄을 알아보고 힘껏 빨아 배를 채우고, 제 것이 아니면 입을 대지 않는 질서도 있다. 잠이 든 새끼들을 바라보는 어미의 그윽한 눈빛엔 새 생명이 건강하게 잘 자라길 바라는 기원이 그득히 고였다. 어느 생명체이든 어미의 본능은 같으련만 더 간절함을 느낄 수 있으니 영물이다.

출산 구완으로 미역국을 끓이고 보양식으로 식당에서 갈비를 구해다 줬다. 젖을 떼고 나면 내게도 한 마리 분양하겠단다.

직장 뒷마당에 강아지 '영심이'의 터전을 마련해 주었다. 이유식으로 우유와 비스킷을 먹였는데 그게 식성이 될 줄이야. 도통 딴 음식엔 관심이 없다. 영심인 어미가 그랬듯이 직원 모두가 퇴근하고 나면 텅 빈 청사에서 밤을 지키며 제 주인을 기다린다.

출근길에 준비해 간 과자 냄새를 용케도 알아내고 포장을 뜯어 낼 여유도 주지 않고 보채기에 바쁘다. 배고파하는 모습이 안타까워 내 출근 시간도 점점 앞당겨진다.

그의 눈길은 내 거동에 포커스를 맞추며 하루 일과를 다한다. 꼬리치며 순식간에 달려와 품속으로 파고드는 애틋한 정을 모른 척할 수가 없다. 번번이 마당에 나가서 그를 봐야만 일손이 잡히긴 나도 마찬가지다. 그는 내게 사랑법을 익히게 한 첫 번째 애완동물이다.

출퇴근 때마다 마중 길에 나서서 반가움과 서운함을 주체하지 못하고 사정없이 매달리며 곁을 떠나려 하지 않는다. 헤어질 땐 멀리까지 따라나서며 애써 체념하던 모습이 집에 당도해서도 여운으로 남는다. 눈빛 대화를 통해 교감하는 우리 사이가 어미와 자식의 인연과 같으니 애완견을 껴안고 나다니는 사람의 심정을 탓할 게 못된다.

거리와 시간을 정확하게 가늠하고 기억된 냄새를 잊지 않는 영리한 영심이는 일편단심도 남달랐다. 동료 직원이 아무리 유혹을 해도 곁을 주지 않는다. 춘향이 절개라며 짓궂은 직원들에게 발길질을 당해도 변절을 모른다.

달포가량 장기간 출장을 갔다. 그에게 기다림은 가혹했던가 보다. 식욕을 잃고 병이 났다. 개에게 흔히 생기는 창자가 뒤틀리는 병으로 고생을 했다. 출장이 끝나고 재회하던 날, 안도와 흥분이 교차했던지 그는 청사(廳舍) 주위를 뛰고 달리며 생

216

기를 되찾는다. 기다림의 보람을 온몸으로 표현하는데 무희도 그만은 못할 게다.

한창이던 더위가 사그라지면서 은행잎이 점차 노랗게 물들어 가던 가을, 그에게서 변화가 보인다. 뛰고 노는 모습이 전과 같지 않다. 계절에 민감함일까, 우울증은 아닐까, 내게 기대고 비벼 대며 알 수 없는 애절함을 호소한다. 동물도 사춘기병에 걸리는 것을 비로소 알았다. 등에 올라타고 응석을 부리며 몸부림치는데 측은지심이 든다.

영심이가 볕을 피해 오수를 즐기곤 했던 창가 잔디밭에서 괴성이 들린다. 혼자서 감당하기엔 너무도 큰 수컷에게 붙들렸다. 반사적으로 달려간 나와 마주치자 겸연쩍어하는 눈빛으로 고개를 돌린다. 내 눈길도 허공에 꽂혔다. 민망해하는 그를 멀쩡한 정신으론 볼 수가 없어서다. 그는 꼬리를 아래로 밀어 넣으며 슬그머니 제 둥지 속으로 몸을 감추곤 좀처럼 바깥출입을 않는다. 눈빛이 마주치면 부끄러워하며 외면하는 그는 염치를 알고 있었다. 그래서들 "염치를 알지 못하는 사람은 개만도 못하다."고 하나 보다.

초겨울 바람이 세차다. 기온이 뚝 떨어지는 섣달그믐이면 새끼를 잉태한 지 9주가 된다. 동료 직원들은 어미가 되는 영심이의 새 삶터를 마련해 주라며 압력이 빗발친다. 직장에선 출산 구완을 맡아서 해 줄 손길이 없어서다. 배가 땅에 끌리는 그녀를 파주 민가로 피접시켜야 했다.

　헤어지던 날 영심이의 눈망울은 서러울 만큼 새까맣고 빛났다. 그에게 준 사랑보다는 남기고 간 애절함을 가늠 못하는 내 처사가 얼마나 이기적이었던가. 저를 버린 주인을 잊지 못해 식음을 뒤로하고 끙끙거리며 몸살 앓고 있다는 소식이 더 슬프다. 등을 돌리고 아무렇지도 않은 듯 일손을 놀리는 내게 그토록 큰 매정함이 숨어 있는 줄은 처음 알았다.

　담장 아래 수북이 쌓인 황금빛 은행잎을 몹시도 좋아하던 '영심이' 가 20여 년이 되도록 내게 가슴앓이로 남아 있다.

기억의 저편

꽃잎이 흩날리는 화창한 봄날이다.

전철 안으로 물밀려들 듯 학생들이 가득 들어선다. 체험 학습을 위한 단체 나들이인가 보다. 기계음만 들리던 차 안이 웅성웅성 재잘재잘, 안내 방송과 뒤섞여 소란스럽지만 내겐 익숙한 전경이다.

정년이라는 명목으로 떠밀리듯 학생들과 헤어진 후, 나도 모르게 그리움이 첩첩이 쌓였다. 반가움이 앞서서 초면인 그들에게 말을 건네 보고 싶지만 어금니를 꾹 깨물고 그렁그렁 고인 눈물을 애써 감추며 눈을 감는다. 어느새 생각은 기억 저편을 달리고 있다.

달무리인 양 그윽한 조명등 아래서 포도주를 곁들여 식사할 때다. 취기가 흥을 돋우자 저녁 초대한 '혜경'이가 포문을 연다. "선생님 너무 지독하셨던 것 아시죠. 선생님 덕분에 영문과에 진학하고 외국상사에서 근무한 경험으로 유행의 일 번지 압구정동에서 사업을 하고 있지만, 여고 시절엔 정말 죽다 살아난 것 같았어요. 제가 영어 교과 반장이었던 것 기억하세요. 자율학습지도를 담당하면서 진절머리를 내었답니다. 이젠 추억이 되어 그 시절이 그립지만요. 선생님을 흉보며 닮아 가고 있었나 봐요. 저도 직원 앞에서 기강을 꼭 잡거든요. 회사를 찾아오는 고객에게 흐트러진 자세를 보이지 못하게 하지요. 아직 결혼을 못한 것도 만혼을 하신 선생님 탓이구요. 저 지금 생 얼굴이거든요. 멋을 내지 못하는 것까지 꼭 닮았어요."

중년이 된 제자의 투정을 받으면서 여고 시절의 혜경이 모습을 떠올려 본다. 해맑은 얼굴, 반짝반짝 빛나는 눈동자, 자그마한 키에 지휘봉을 들고서 교탁을 내리치며 급우에게 영어 문장을 암송시키던 야무진 모습, 모처럼 어리광을 듣고 있자니 입 언저리로 빙긋이 웃음이 모아진다. 제자를 길러 낸 보람인가 보다. 어느새 뭉쳤던 응어리가 눈 녹듯 풀려 방울방울 떨어지니 청아한 종소리가 이 같으랴.

삶의 길목에선 독불장군은 없다. 누구나 초행길을 나서면 앞서 간 사람의 발자국을 따라 걷기 마련이 아닌가. 감수성이 예민했던 여고생 혜경이에게 내 그림자가 오솔길이 되었나 보다.

수시로 실시되고 있는 학급 운영 평가는 대체로 학급 성적순에 준한다. 시험을 치르고 나면 학급 평균 점수가 중대 관심사이고 환경 심사가 예고되면 전체 학생이 북새통을 떠는 이유다. 춘추로 시행되는 교내 운동회에선 담임교사까지 이성을 잃을 정도로 목청을 높인다. 우열을 가리는 행사의 마무리는 늘 패자의 통곡으로 끝나기 마련이다.

시험 발표 수개월 전부터 평가 대비를 위해 학생들을 독려하고 보충수업을 실시하며 열을 올려 보지만 시험 결과는 늘 불만스럽다. 성적 부진의 책임은 모두 학생들에게 전가되었고 시험의 끝은 단체 기합이 기다린다.

학급의 사기를 살리기 위한 대책으로 교과별 반장을 임명하고 학습지도를 맡겼다. 반장 모두가 헌신적으로 자율학습지도를 해 보지만 다음 시험에서도 성적 부진을 모면하지 못했다. 원인 파악에 나선 학생들의 볼멘소리가 운동부원을 난처하게 한다. 학교 대항 운동경기를 앞두고 맹연습하느라 지친 아이들에게 성적을 기대할 수는 없는 형편임을 알면서도 평균 점수를 깎아 내리는 하마라고 원망한다.

방패막이가 되어 주지 못한 담임에게 어용이라며 불만을 토한다. 운동부가 각반에 흩어져 있으면 운동 연습에 장애가 되니 같은 반으로 묶어 달라는 체육 교사의 청을 받아들인 것이 화근이었다.

궁하면 통한다고, 아이들이 꾸며 낸 꾀는 급기야 담임교사를 궁지로 몰았다. 기말고사 결과가 최상위다. 의혹의 눈초리가 따갑다. 동 학년의 반란을 잠재울 수 없었고 진상조사에 나선 학교 측에선 재시험을 발표했다.

우수자와 부진아가 한 조가 되어 답안지를 베껴 쓰게 한 사건이었다. 전 교과 선생님에게 출제의 고통을 안겨 주었으니 수업 시간이 원만할 리가 없었다. 아이들은 눈물을 달고 살아야 했고 씻어지지 않는 오명으로 그 학년도는 무던히도 길었다.

지나친 경쟁의식 속엔 늘 역기능이 도사리고 있기 마련이다. 욕심이 발동하면 사지가 눈앞이다. 올해도 전국 단위의 학력평가가 실시되었고 평가원에 보고된 성적엔 상당수 학교가 조작된 성적을 보고했다가 들통이 났다. 학교의 치부를 보이고 싶지 않은 교사들의 욕심이었을까.

경제 대국을 꿈꾸기에 앞서서 해이된 도덕성이 재무장되는 선진 국민의 모습이 아쉽기만 하다.

지하철을 가득 메웠던 학생들이 썰물처럼 빠져나간다. 갑자기 조용해진 분위기에 흠칫 놀라 기억의 저편에서 빠져나와 현실로 돌아온다. 아름다운 기억이다.

이름과 별명

새 학기다.

첫 발령을 받은 신규 교사가 교무실엘 들어서면서 "나 영웅입니다."라고 자기소개를 한다. 거무스름한 얼굴에 툭 불거진 여드름 자국을 보면서 투박한 질그릇을 연상하느라 '영웅'이라고만 알아들었다.

채용고시의 어려운 관문을 뚫고 당당하게 학생들 앞에 선 '나 선생'이 첫 수업을 하면서 당황했었나 보다. 복도가 개구쟁이들의 뒤엉킨 목소리로 왁자지껄하더니 '나영웅' 선생이 '수퇘지'로 탄생했다.

지난날의 우리 정서는 어른의 함자를 함부로 부르지 않는 것이 예의였다. 세상에 태어나면서 누구나 이름을 지어 부르지만, 살아가면서 또 다른 이름을 갖는 예가 많다. 천주교에선 '영세명'을, 불교에선 '법명'을, 임금은 공신에게 '시호'를 내리고, 덕망이 있는 이들은 '아호'나 '호'를, 문인과 예술인 은 '필명', '예명'을, 여인에겐 '택호'가 있었다.

옛날이나 요즘이나 학교에선 별명이 통한다. 새 학기가 시작되면 학생들은 선생님의 별명을 지어 부르며 그들의 문화를 이어 간다. 대개는 첫인상이나 이름, 특성을 소재로 하여 교무실을 별명 백화점으로 만든다. 뾰족한 얼굴은 '메뚜기', 불거진 눈은 '붕어눈', 큰 입은 '메기'다. 기술과의 '이민구' 선생은 '인민군', '오 선생'은 '오리궁뎅이', '구덕희' 선생도 별명을 달고 다닌다. '주태백', '불여우', 할아범, 곰퉁이, 염소똥도 있다. 별명은 인기와 상응되기 마련이어서 아이들은 인격적으로 수모를 느끼게 하는 명칭도 아랑곳하지 않는다.

말썽 많은 '유 선생' 담임 반에서 또 사건이 터졌다. 좀처럼 말을 하지 않는 '샌님' 순덕이가 '쌈닭'이 되어 기석이를 올라타고 앉아 주먹을 날리고, 아이들은 죽 둘러서서 예상 밖이라는 듯이 구경을 하다가 학생과 선생님에게 들켰다. 별명을 부르며 놀려 댄 것이 발단이었다.

교무실 모퉁이에서 벌을 받으면서도 서로 눈을 부라린다. 아이들은 기세에 눌리면 '수하'가 되거나 '왕따'로 전락하기 마련이어서 기선 잡기에 필사적이다. '원더우먼' 윤빛나는 시기꾼들의 등쌀을 참아 내지 못하고 전학을 갔다. 유진이는 별명 스트레스로 인하여 학습 의욕을 잃었는지 지난 학기보다 성적이 떨어졌다. '봄이'는 신경클리닉에 다닌다. '김 교감' 도 반짝거리는 '알머리'에다 빵떡모자를 써 보지만 자꾸만 미 끄러져 고생스러워한다. 그래도 '대머리' 소리는 여기저기서 끊이질 않는다.

학교에서 매년 오백 명 정도의 신입생 이름을 접하다 보면, 과거와는 달리 이름에 세련미가 풍긴다. 멋있는 이름, 아름다 운 이름, 호감이 가는 이름들이고 가끔은 그 성(性)을 초월한 이름도 있다. 이름 속에는 아이에 대한 기대와 꿈이 고스란히 담겨 있다. '성경'이는 자상한 성격, '승호'는 친구를 잘 돕 고, '동훈'이는 학생회장, '상운'이는 축구 선수, '금선'이는 애교가 많다. '순' 자나 '혁' 자 돌림은 친구를 거느리고 다니 길 좋아하고, '옥' 자나 '란' 자 돌림은 합창반에서 많이 본다.

흔히 이름은 사람의 타고난 사주를 바꿀 수는 없지만 운명에 영향을 끼친다고 믿는 이도 있다. 성명을 연구하는 사람 중엔 사주에 맞춰서 이름을 짓되 한문 글자로 짓는 것이 아니고, 소 리 이름으로 지어야 한다며 소리 에너지가 음파를 진동시켜 인간의 운명을 좌우하니 이름을 함부로 지으면 꿈과 이상을 성취하는데 지장을 준다고도 한다.

이름은 주변의 모든 것과 함수관계가 있는 과학이라고도 하 고 건강, 학벌, 환경, 지능에까지 영향을 준다고 한다. 크게 믿 을 것은 아니지만 학교 상담실에 찾아오는 학생과 상담을 해 보면, 부르기 좋고, 듣기 편하고, 좋은 의미를 담은 이름을 가진 학생과는 달리 그렇지 못한 경우는 성격장애, 건강, 학업 성취에서 문제가 발생하는 것을 볼 수 있고, 자신감을 상실하거나 매사에 소극적 태도를 보이는 것으로 보아서도 이름이 운명을 바꾼다는 설을 간과할 일만은 아니다.

이름은 부르기 쉽고, 듣기 좋고, 쓰기 편하고, 아름다워야 하며, 성과 이름이 조화를 이루어야 하고, 별명이나 혐오감에서 자유스러울 수 있어야 한다. 이름은 날개다.

감사 인사장

○○경찰서 발신 우편물을 받아드는 순간 긴장이 된다.

‘무슨 잘못이 있었나.’ 머리를 짜내며 기억을 더듬지만 선뜻 떠오르지 않는다. 잠시 호흡을 가다듬고 개봉하니 며칠 전에 부의금을 전달한 상갓집에서 보내온 감사 인사장이다. 비로소 마음의 평정을 되찾으며 ‘하필 발신지를 근무처로 할 게 뭐람.’ 혼잣말로 웅얼거린다.

평소 경찰서와는 깊은 인연이 없어서인지 그곳을 지나칠 때면 이유 없이 옷깃이 여며지고 발걸음이 빨라진다. 내 눈엔 순기능보다 역기능의 역할이 더 많이 비춰진 기관이고, 사고와 사건을 다루는 소관 부서이다 보니 호감이 갈 이유가 없지 않은가. 또 다른 변명도 가슴속에 웅크리고 앉아 있다.

한때 유년 시절을 시골에서 보냈다. 우리나라가 일제로부터 해방이 되고 이념의 갈등 속에서 좌우익으로 편이 나뉘는 혼돈 사회를 피해 낙향한 아버지와 함께 지냈다. 가끔 어머니를 만나러 서울 나들이할 때면 불가피하게 명동파출소 앞을 지나쳐야 했는데, 아버지는 번번이 어색한 몸짓으로 내 손목을 잡아끌며 발걸음을 재촉했다.

훗날 알게 되었지만, 일본 유학 시절 신문 배달과 이런저런 허드렛일을 하며 고학할 때, 일경에게 수모와 고초당한 기억들이 지워지지 않아 그곳을 지나칠 때면 오싹한 기분에 머리카락조차 빳빳해진다고 하셨다. 그렇게 부녀가 의지하며 보낸 은둔 세월 속에서 난 아버지의 생각을 그대로 빼어 닮고 있었다.

어린 시절, 넓은 신작로 한가운데에서 뚜벅뚜벅 말발굽 소리가 지축을 울리며 제복 차림의 기마병이 나타나면 겁이 덜컥 났다. 허리춤에 곤봉을 매단 채 긴 가죽 장화를 신고 안장 위에 걸터앉아 흐느적거리는 모습에서 공포를 느꼈다.

그 영향은 청년기의 직업관에도 나타났다. 제도권의 생활에서 언제나 이방인으로 생활할 만큼 싫었다. 각종 모임에서조차 경찰관의 아내라는 소개가 있을 때는 슬그머니 일어서는 버릇도 생기게 되었으니 뇌리에 박힌 상흔의 치료는 쉽지 않았나 보다.

오랜 세월이 흘러서도 불식시키지 못한 내 잠재의식은 불편과 불이익으로 생활의 걸림돌이 되곤 했기에 학생들에게는 그런 선입견을 전수하고 싶지 않았다. 기회만 있으면 긍정적 자아의식을 가지려 노력하고 교육 활동과 현장 경험, 위문 활동, 초청 강연과 같은 교류를 통해 친분을 맺으며 상호 우호적인 관계로 발전하고서야 파출소를 방문해 가며 협조 요청도 하게 되었다.

학교 주변을 순찰하며 거리에서 붕당을 지어 배회하는 학생들과 청소년들의 비행을 막아 주고 밤이면 불량 청소년들의 온상인 으슥한 운동장을 돌며 치안에 전력하는 경찰관이 고마웠다. 봉사와 친절이 그들의 임무라지만 그냥 지나칠 수가 없어 무엇으로라도 보답하고 싶었다.

늘 긴장과 격무로 시달리는 그곳에 밝고 환한 분위기가 좋을 것 같아서 손수 키운 화사한 꽃으로 마음을 전하기로 했다. 화훼용 자재를 구입하여 동면한 국화 뿌리에서 돋아난 새싹을 잘라 삽목하고 이식하여 정성을 다해 손질했더니 여름 내내 염치없이 내린 빗줄기에도 무사히 견디며 교목만큼이나 큰 황국화가 탐스럽게 피었다.

화분에 시조 한 수를 매달아 경찰서로 보내려니, 딸아이를 성장시켜 시집보내던 그때의 서운한 마음이 되살아난다.

風霜이 섯 거친 날에 갓 피온 黃菊花를

金盆에 가득 담아 玉堂에 보내오니

'박 소장님'이 감격하였나 보다. 끊임없는 사건에 척박하기까지 한 사무실이 밝고 명랑해졌다며 기뻐했다. 공무집행에 단호한 박 소장은 한마디를 잊지 않는다. "선생님, 오늘 자전거 탈취 혐의자로 들어온 ○○학생이 이 황국화를 보면서 자기네 학교 꽃이라고 하더군요. 학생도 해맑은 얼굴로 반성하고 있는 듯했습니다. 귀가 조치하겠습니다." 온화하고 부드러운 박 소장님의 성품을 통해 내 안에 숨어 있던 경찰에 대한 부정적인 생각이 사라졌다.

퇴근 시간 무렵, 상갓집 상주였던 경찰관이 보내온 감사 인사장이 직원들의 화두가 되었다. 평소 말이 적은 K가 한마디 한다. "전 운전석에만 앉으면 폭군이 되는 것 같아요, 그날 상갓집에 조문 갈 때도 예외는 아니었거든요." H도 거들고 나선다. "음주운전에 뺑소니로 시비가 붙은 적이 있어서 덜컥 겁이 나더군요."

직원 모두 감사 인사장을 받고 벌금 딱지 통지문인 줄 알고 긴장했다며 박장대소했다. 한바탕 웃고 나니 쌓였던 고단함이 달아난 기분이다. 경찰서는 누구에게나 자유롭지 못한 곳인가 보다.

왕송 호숫가

포커스가 머문 곳은 낙조에 물든 호수 한복판이다.

월척쯤 돼 보이는 붕어가 수면을 박차고 공중 선회한다. 금빛 조각이 쏟아져 내리는 물 위는 온통 눈부신 카드섹션으로 장엄하다.

기온이 제법 하강하면서 바람까지 살랑거리는 겨울 문턱, 모자를 푹 눌러쓰고 오솔길로 접어드니 어느새 '왕송호수' 언저리다. 발아래선 바스락 가랑잎 부서지는 소리가 계절의 정취를 더한다. 인적이 드문 고요 속에서 첨벙대며 물 위로 뛰어오른 물고기의 곡예가 실타래처럼 헝클어진 내 머릿속을 시린 듯 상큼하게 한다.

호수와 국도를 사이에 두고 길게 뻗은 철길엔 수원행 전철이 부곡 역사를 뒤로한 채 분주히 달려간다.

　서민 생활에 찌든 그들은 삶의 돌파구를 찾고 있었다. '메이저리그의 박찬호'가 혜성으로 등장한다. 신기루가 손에 잡힐 것 같아서인지 의견은 만장일치로 채택되고, 마침 불어 닥친 지자체 선거공약과 맞물려서 성취는 떼어 놓은 당상 자리와 같았나 보다. 학교의 의지와는 반한, 지역 사회학교에 야구부가 창설된 사연이다.

　일은 쉽게 풀리지 않았다. 주도면밀한 계획과 금전적인 뒷받침 없는 것이 큰 걸림돌이다. 만만찮은 장비 구입비, 감독과 코치의 보수, 합숙 훈련비에 몸살을 앓느라 내홍도 있다. 지방 자치기구와 지역 학교에 지원 요청을 해 보지만, 계획 없는 예산 지출은 무리다. 주민들의 화두는 야구부를 살려 내야 하는 것이지만 누구 하나 기부 의사는 없이 공적 기금에서 후원하길 바라며 떼쓰기 작전이다.

　나라가 온통 유행병처럼 일고 있는 노사의 갈등과 투쟁으로 질서가 파괴되고 막무가내로 떼를 쓰는 무례함이 통하는 사회이고 보니 그 기세는 좀처럼 수그러들지 않는다. 그들을 이해하기에 앞서 감정이 앞선다.

　소리라도 질러 보고 싶고, 쥐어박고도 싶은 마음을 진정시키며 조용히 가슴을 쓸어내리고 긴 한숨을 쉬어 보지만 주먹만한 불덩이가 치솟는다.

  그들은 야구 연습할 장소도 없는 현장이 눈에 보이지 않는가 보다. 천여 평 정도의 운동장은 전교생의 체육 활동이 동시에 벌어지는 공간이다. 농구대, 송구대, 배구, 축구, 씨름장, 철봉 모든 운동 시설이 진을 치고 빼곡히 서 있는 곳에 야구 방망이를 휘두르며 아무도 얼씬 못하도록 위협을 날리고 있으니, 전교생은 교실과 복도의 좁은 공간이 학생들의 휴식처요, 놀이 공간이 되어 버렸다. 서로 엉키고 덮치면서 하루의 일과가 전쟁터를 방불케 한다.

  학생회에선 야구부 퇴진 운동을 전개한다. 건의함에는 연일 운동장을 돌려 달라는 진정서가 쌓인다. 운영위원회에서도 목소리가 커졌다. 처음부터 잘못 끼운 단추란다.

  야구공은 하루에도 몇 번씩 와장창 쨍그랑, 유리창 보수업자는 상주 근무자가 되어 버렸다. 여기저기 박힌 유리 조각에 상처를 입은 아이들이 점차 늘어난다. 한술 더 뜬다. 그 좁은 운동장에 비닐하우스와 컨테이너를 들여놓고 야간 활동과 침식까지 한다. 수십 개의 500와트 전구는 밤하늘을 대낮같이 밝히고 공공요금 지불에는 아랑곳하지 않는다.

  한나절을 그렇게 무리들에게 지치고 나면 머릿속은 뒤엉키고 지치기 마련이어서 가까이에 있는 왕송 호숫가를 걷는다. 첨벙 물소리에 호수 한가운데를 바라보면 황금빛 찬란한 물 위로 물고기가 뛰어오른다. 낚싯대를 드리우면 붕어 몇 마리쯤은 거뜬하게 잡아 올릴 것 같다. 잡다했던 생각은 어느새 물에 씻겨 나가고, 마음은 경춘 국도를 달린다.

춘천댐을 지나 화천댐을 향해 달려가면 '고산'에 이른다.

가파른 산과 구불거리는 국도 그 아래 맑고 짙푸른 강에 낚싯줄을 던진다. 재수가 있는가 보다. 곧이어 찌가 물 위를 오르내리는 순간 낚아채니 팔에 힘이 주어지면서 손목엔 전율이 느껴 온다. 잘생긴 붕어는 아니다. 겨우 손바닥만한 눈치다. 쏘가리가 걸렸으면 하는 바람도 있었는데…….

십여 년을 낚시 마니아가 되어 주말이면 강으로 호수로 헤매던 기억은 오늘처럼 하루에도 몇 번씩 뒤바뀌면서 쌓이는 갖가지 스트레스를 풀어 주는 처방이 되어 주곤 한다. 강과 산, 자연은 언제나 나에게 마이다스의 손이 되어 주어 고귀하다.

오늘 수업 마지막 벨 소리가 호수 언저리까지 울려 퍼진다. 부지런히 발길을 재촉한다. 그사이 직원들은 결재판을 들고 몇 번씩 오가며 기다렸겠지. 왁자지껄 아이들은 한바탕 소란을 떨었을 테고. 그들도 하루의 학교 생활 속에서 얼마나 많은 스트레스가 쌓였을까.

무엇이 그들의 긴장을 풀어 줄 약방문이 될까, 또 다른 고심에 빠져들며 왕송 호숫가를 벗어난다.

정신 속에 내재된 심상(image)의 상징성
―서원방의 잠재적 체험 수필 세계

윤재천

(전 중앙대 교수 · 한국수필학회 회장)

그동안 한국 수필은 침체를 면하지 못했다.

김소운, 김진섭, 이양하, 피천득 그 외에도 많은 작가들이 철학과 관조, 명상을 통해 작품을 써 왔지만, 이 시대에 들어와 수필작가가 급격하게 증가함으로써 수필의 질적 저하가 불가피한 실정이다.

문학 수업을 받은 작가들은 글쓰기의 매무새와 깊이가 갖추어져 있어, 간혹 좋은 글이 선을 보이긴 한다. 간과해선 안 될 문제 중 하나는, 작가가 실제로 경험했던 것을 형상화 과정도 없이 재현하는 실정이라 문학으로서의 질적 가치가 미흡하다는 데에 있다.

작품 쓰기가 생각처럼 쉽진 않지만, 사실적 기록보다는 상상을 통한 발상과 문학적 구성의 방법을 연구, 모색하여 질적으로 형상화된 감정을 표출하는 것이 바람직하다.

수필은 종합 문학이다. 인간과 사물의 복잡한 내성을 여러 측면에서 관조, 분석하여 형상화하는 작업이다. 인간학으로서 역사와 예술, 심리학과 철학, 종교학과 고고학, 많은 것을 섭렵, 접목해야 하는 장르이다.

작가가 고민하며 자기만의 천재성을 발휘할 때 튼실한 작품이 나오게 된다.

요즘처럼 밸런스를 잃어버린 현실 속에서 어떤 소재를 택하든지 그 자체를 잘 조율하고 절제하며 글을 쓸 때, 생명력 있는 작품이 된다.

수필은 '나'를 통한 '모두'의 고찰이고 '과거'를 통해 '미래'를 점지하는 장르이다. 세상을 읽는 눈은 닫힌 사고보다 열린 사고에서 소통이 가능해 자기 특성을 분명히 드러내어 독자들에게 상상력과 감동을 유발시켜 줘야 한다.

이때 어떤 삶을 살든 그 속에서 빚어지는 희로애락을 진솔하게 뽑아낼 때 감동과 공감을 줄 수 있다. 진실이 담겨 있지 않은 글은 이미테이션과 같아 글의 진정성과 품격을 떨어뜨리게 된다. 좋은 수필에 대한 완성은 없지만 작가의 사명을 가지고 끊임없이 노력할 때 퇴색되지 않는 다이아몬드가 된다.

이것으로 볼 때 서원방은 진정성을 바탕으로 다양한 분야의 소재를 선택하여 작품 세계를 조율해 가는 작가이다. 글의 내용이 단직하면서도 언어 구사가 짜임새 있게 형성되어 있어 작품을 잘 응축시키고 있으며, 객관성을 유지하면서 마음속에 잠재된 '삶의 풍경'을 스케치하고 있다.

작품 세계를 여행해 보기로 한다.

핏줄을 타고 몸속으로 흘러든 기가 손자에게 전해질 때까지 새어 나가지 말라고 주문했다.

학부를 마치고 외국 유학의 길은 떠나 보겠다는 소망을 실천으로 옮기지 못한 것이 응어리가 되었고, 유학생을 볼 때마다 부러움이 지나쳐 시기까지도 서슴지 않았던 시절이 있었으니 젊은 날의 어리석음이 지워지지 않아 회한으로 남아 있다.

몽상에 사로잡힌 방문객의 주위를 환기시키려 함인지, 기를 받는다고 자녀가 입학을 하겠느냐며 실력이 합격의 열쇠라고 안내자는 일침을 놓는다.

_「VERITAS」 중에서

화자가 미 동부의 아이비리그 대학 방문단의 대열에 합류하여 여행하게 되자, 젊을 때 못 이룬 유학의 꿈까지 기억하며 쓴 작품이다.

미국 보스턴과 가까운 곳에 위치한 하버드대학교를 방문한 후 여러 가지 소감을 피력하고 있다. 2012년 사우디아라비아에서 발표한 자료가 아니더라도, 그 대학 순위는 여전히 세계 1위로 자리매김되고 있음을 만인이 인정한다.

한국에서는 유일하게 서울대학교가 75위 순위에 그치는 것을 볼 때, 전공별로 학과 시스템이 잘된 그 학교는 공부도 잘해야 되지만 중요한 것은 적극성과 창조성, 특유의 성격을 가진 학생들이 교육 환경과 시대에 맞는 교육철학을 통해 공부를 하고 있어, 그 위력이 대단하다.

서원방은 그 대학을 방문하던 중 무엇보다 진리와 진실을 의미하는 'VERITAS' 라는 현판을 보게 되자, 여러 가지 생각들이 파생된다. 누구보다 하버드대학교에 대한 미련이 강하게 남아 있음을 알 수 있다.

한국에서 학부 과정만을 이수한 탓에 중등학교에서 40년 동안 근무하다 퇴임했지만, 가정 형편상 유학의 꿈을 포기해야 했던 화자의 절절함이 작품을 통해 드러나고 있다. 그처럼 자신이 이루지 못한 꿈을 '핏줄을 타고 몸속으로 흘러든 기가 손자에게 전해질 때까지 새어 나가지 말라고 주문' 하는 것을 보더라도, 그 학교에 대한 열망이 대단했음을 알 수 있다. 반드시 교수가 되고 싶었던 열망은 결국 손자 사랑으로 이어지고 있어, 정신력이 만만치 않음이 드러난다.

한 학교에서 여덟 명의 대통령과 서른여덟 명의 노벨상 수상자를 배출한 그 학교는 화자에게만 아니라, 야망과 꿈이 있는

학생이라면 반드시 도전해야 할 학교라고 할 수 있어, 모든 이
들에게 로망이 아닐 수 없다.

　하지만 삶을 살아가는 데 있어 그것만이 전부는 아니다. 화
자에게도 정년퇴직을 하기까진 그 못지않은 노력이 있었으리
라 믿는다. 여러 가지로 볼 때 화려함과 소박함을 동시에 지닌
서원방은 모든 이들에게 선망이 되는 사람이다.

　어린 시절, 넓은 신작로 한가운데에서 뚜벅뚜벅 말발굽 소리가 지
축을 울리며 제복 차림의 기마병이 나타나면 겁이 덜컥 났다. 허리춤
에 곤봉을 매단 채 긴 가죽 장화를 신고 안장 위에 걸터앉아 흐느적
거리는 모습에서 공포를 느꼈다.

　그 영향은 청년기의 직업관에도 나타났다. 제도권의 생활에서 언
제나 이방인으로 생활할 만큼 싫었다. 각종 모임에서조차 경찰관의
아내라는 소개가 있을 때는 슬그머니 일어서는 버릇도 생기게 되었
으니 뇌리에 박힌 상흔의 치료는 쉽지 않았나 보다.

_「감사 인사장」 중에서

　경찰관에 대한 선입견을 그려 내는 작품이다. 보편적으로
경찰관은 국민의 자유와 권리 보호, 공공의 질서유지를 직무
로 하는 공무원이지만, 화자에겐 ‘또 다른 변명도 가슴속에 웅
크리고 앉아 있다’ 며 역기능의 정체성으로 인해 부정적인 시
각도 드러난다. 그 후유증으로 인한 반응은 발신지를 경찰서

239

로 한 상갓집 부의금 감사장을 받는 순간에도 민감하게 나타 난다.

원인 없는 결과는 있을 수 없다. 그 이유는 서원방의 아버지 가 일본 유학을 하던 시절 일경에게 수모와 고초를 당한 기억 들 때문에 시골에서 은둔 생활을 하던 시절을 잊지 못하는 데 서 비롯된다. 그 감정이 잠재적으로 화자의 무의식을 지배하 고 있어, 시간이 흘렀어도 정서적인 측면에서 걸림돌로 남아 있다.

그 영향은 젊은 시절 직업관에도 부정적으로 남아 있어 '제 도권의 생활에서 벗어나 언제나 이방인으로 생활할 만큼 싫 었다' 고 말하기에 이른다. '모임에서조차 경찰관의 아내라 는 소개가 있을 때는 슬그머니 일어서는 버릇이 생길 정도' 였 다니, 머릿속에 자리한 상흔의 치료는 쉽지 않았음을 느끼게 한다.

그러한 현상이 긍정적인 마음으로 돌아서고 있다. 국민의 자유와 권리 보호를 위하여 범죄 예방과 진압, 치안 정보 수집 과 작성, 교통 단속을 위해 긴장하며 격무에 시달리는 경찰서 에 화자는 학교 이름으로—짙노란 국화에 시조 한 수를 매달 아서 보내고 있다. 마음속의 매듭이 풀리기 시작한다.

긍정과 부정의 차이는 극과 극의 선상에서 풀지 못할 매듭을 만들게 하지만, 부정적인 생각을 없앨 때는 모두가 천국임을 시사해 주고 있다.

서원방의 인격과 그 깊음이 드러나는 작품이다.

_「고향의 맛」 중에서

고향에 살면서도 그 맛을 잃어버린 실상이 드러나고 있다. 곰삭은 맛이 나는 것이 고향인데 화자의 고향인 서울은 타향살이와 다를 바 없음을 느끼게 한다.

수구초심(首丘初心)이란 말이 있다. 여우도 죽을 때는 자기가 살던 굴 쪽으로 고개를 돌린 채 죽는다는 말이 있듯 고향의 힘은 모든 사람에게 각별하다.

고향의 상징은 통례적으론 조상 대대로 살아온 곳을 말하는데 보통 3대 정도 살아온 지역을 의미할 때가 있다. 이것으로 볼 때 서울이 고향인 사람은 생각보다 많지 않다.

고향의 의미는 사랑이 가득한 어머니의 주름진 손을 보는 듯하여 푸근한 곳이다. 그러나 시대가 변함에 따라 고향의 냄새도 변하고 있어, 옥천이 고향인 정지용 시인도 '어린 시절에 불던 풀피리 소리 아니 나고 메마른 입술에 쓰디쓰다' 라고 노래하지 않았던가.

서원방 역시 고향의 숨결을 느끼고 싶을 때면 야산에 오르고 있다. 이 현상은 일반적으로 갖고 있는 정서일 수도 있겠지만, 고향을 생각한다는 명목 하에 그 의미를 새김질하며 누릴 수 있는 여유는 아니다. 고향을 느낄 수 있는 사람만이 실현할 수 있는 애향심이다.

화자는 산이 옛 산이 아님에도 산 나들이를 통해 풀 한 포기와도 교감을 나누며 그 맛을 느끼려고 노력하는 사람이다. 문제가 되는 것은 산행을 하며 그 정서에 취해 있지만, 통증을 호소하는 산의 아우성을 바라보며 참담함을 느끼고 있음이 안타깝다.

예나 지금이나 산은 여전히 인간의 횡포에 시달리고 있어 서원방은 그 잔인함을 고발하고 있다. 이처럼 자연을 사랑하며 고향의 맛을 잃지 않으려는 사람이 있는 이상, 자연의 중추적인 우주도 모든 힘을 모아 그 꿈을 실현시켜 간다.

고향은 생(生)의 안식처로 고향을 떠난 자들의 이상향이라고 생각된다.

친 항의와 함께 여러 사람의 목소리가 들려오고, 방망이까지 휘두르며 폭력을 가할 기세였다. 신생아를 훔쳐 가는 치한으로 오해한 거였다.

아뿔싸, 겁에 질린 채 꼼짝없이 좁은 공간에 갇힌 신세가 된 그는 내 출근길을 도와주려다가 아침부터 날벼락을 맞았다. 경찰이 출두하고서야 혐의가 풀렸지만 당시의 목격자는 출산을 하고서 불안이 극치에 달한 산모였으니 오해의 여지는 충분했다.

_「금쪽같은 아침 시간」 중에서

살다 보면 예상치 못한 일로 난관에 맞닥뜨릴 때가 많다. 삶의 실체가 우리의 일상을 미지의 세계로 끌고 갈 때가 있어 대책 없이 낯선 상황과 부딪치게 된다.

이 작품은 맞벌이 부부의 실상이 잘 드러나고 있지만, 근본적으로 해결해야 할 문제는 버스의 파업으로 교통 문제가 단절하던 때를 회상하는 작품이다.

삶은 순간마다 흥미롭고 미스터리한 게임이다. 작품을 읽어 볼 때 직장 생활을 하던 화자로선 아침 시간이 금쪽같을 수밖에 없었다. 그런데 어느 날 뜻하지 않게 버스 파업이 일어나게 되자 잠에서 덜 깬 H에게 출근을 도와주길 부탁하는 데서 사건은 전개된다.

출근하는 도중, 그 과정에서 부지불식간에 벌어진 사건은 화장실에 가고 싶은 H가 어느 빌딩 산부인과에 있는 여자 화장실로 들어가게 되었으니, 신생아를 훔치려던 유괴범으로 오해

243

까지 받게 된다. 경찰까지 출두된 실정이니 그 상황을 짐작하고도 남음이 있다. 독자에게 긴장감을 주면서도 박장대소할 작품이다.

인간에겐 실수를 저지를 자유가 존재한다. 삶은 어쩌면 롤러코스터(roller coaster)처럼 순간순간 아찔한 게임이다. 배는 항구에 있을 때 가장 안전하지만 안전하게 존재해 있는 것만이 존재 이유는 아니다. 실수하는 가운데 삶의 윤기가 흐르게 되고, 드넓은 바다와 마주하게 되고, 미지의 세계에도 도달할 수 있으며, 잊지 못할 추억으로 남길 수도 있다.

결론적으로 서원방은 '고래 싸움에 새우 등이 터지는 형국이다. 다수의 서민을 볼모로 삼는 파업은 그만했으면 좋겠다'고 일침을 가하고 있다.

여러 가지 방법으로 자신의 교통수단을 해결해 보려고 노력한 결과 지하철의 편리함을 알게 된 화자로서는, 우리가 사는 세상에는 어느 곳이든지 데모나 파업이 없기만을 고대한다.

서민의 삶을 중요시 여기며 그들을 사랑하는 마음이 강한 사람이다.

기억력 신호등에서 파란색 불빛이 보인다. 반세기 전에 알고 있던 숫자와 추억 여행을 해도 무리가 없다. 뇌 한구석에 숨어 있다가 툭 튀어나오는 '10807314'. 소녀 시절 동네 사람들의 눈길을 피해 촉촉하게 내리는 보슬비도 아랑곳하지 않고, 밤길을 같이 걷던 까까머리 머슴애의 숫자다. 느닷없이 머슴애는 군에 입대를 한다고 통보해 왔다. 흠집 없던 가슴에 상처가 난 듯 아프고 서늘해서 아련한 감정을 편지지에 옮겨 쓰고 수취인 난에 군사우편으로 머슴애의 숫자를 적곤 했었다. 군 복무 3년을 이겨 내지 못한 머슴애는 내 기억 속에 군번만을 남겨 놓고 떠났다.

_「기억 속으로」 중에서

친구의 전화로 인해 기억 여행을 떠나고 있다. 인생의 계절이 단계별로 드러나고 있어 많은 생각을 하게 한다. 미니스커트가 유행하던 시절을 지나 70년대 초반엔 청바지까지 즐겨 입으며 젊음의 광장 속에 합류했던 화자지만, 지금 시점에는 '고개가 움츠러들고 매사에 자신이 없다'며 보건소에서 실시하는 치매 검사 과정까지 참여한다.

어떤 상황에서든지 삶을 두려워할 것은 없다. 박범신 소설가가 원작인 영화 「은교」엔 나이 든 스승이 젊은 제자의 횡포를 바라보며 '젊음은 너의 노력으로 인한 상이 아니듯, 늙음 자체도 나의 잘못으로 인한 벌이 아니다' 라며 통탄하는 장면이 있다.

이것을 보더라도 나이 듦 자체는 그 누구의 잘못과 행패도 아니다. 자연스럽게 펼쳐지는 순리 현상으로, 인간으로 태어난 이상 주어지는 모든 것을 음미하며 밟아 가는 과정에 불과하다.

작품 「기억 속으로」는 전반적으로 나이 들어 나타나는 현상들이 처절하게 그려지고 있지만, 이런 현상은 '긴 세월 동안 뇌리에 저장해 둔 것이 너무 많은 탓'이라고 할 수 있다. 누구든지 자기 철학을 가지고 불꽃처럼 살아왔던 전성기가 있었으나, 불꽃의 화력이 약해지기 시작하면 고요한 모습으로 자연과 닮아 가는 이치와 다를 바 없다.

놀라운 것은 '기억력 신호등 앞에서 파란색 불빛이 보인다'는 서원방—바로 이 글의 포인트는 이 부분에 숨어 있다.

먼 예날 마음속에 자동 저장되어 있던 남자친구의 군번이 화자를 기억 여행 속으로 끌고 들어간다. 화자는 '군복무 3년을 이겨 내지 못한 머슴애는 내 기억 속에 군번만을 남겨 놓고 떠났다'고 하는데, 사춘기 시절엔 충격적인 사건이라 잠재적으로 무의식 속에 숨어 있던 숫자— '10807314'를 기억하지 않을 수 없다.

내면에는 잠재의식에 숨겨진 신성한 사건들이 있게 마련이다. 잠재의식은 그 자체의 생명력을 보유하고 있어 조화를 이루며 삶을 끌어가기 때문에, 한편으론 세상을 살아가는 데 있어 삶을 지탱시켜 주는 매개체라고 할 수 있다. 여러 가지 관점에서 의미가 많은 작품이다.

지나친 경쟁의식 속엔 늘 역기능이 도사리고 있기 마련이다. 욕심이 발동하면 사지가 눈앞이다. 올해도 전국 단위의 학력평가가 실시

246

되었고 평가원에 보고된 성적엔 상당수 학교가 조작된 성적을 보고 했다가 들통이 났다. 학교의 치부를 보이고 싶지 않은 교사들의 욕심이었을까. (중략)

지하철을 가득 메웠던 학생들이 썰물처럼 빠져나간다. 갑자기 조용해진 분위기에 흠칫 놀라 기억의 저편에서 빠져나와 현실로 돌아온다. 아름다운 기억이다.

_「기억의 저편」 중에서

서원방은 지하철 속에서도 지난 시간들과 맞닥뜨리고 있다. 체험 학습을 하기 위해 단체 나들이를 하던 학생들을 바라보며 감회를 술회하는 작품이다.

몸담았던 직장, 교사로서의 생활에 얼마나 몰입했던가를 짐작하게 한다. 퇴직이라는 명목으로 그들과 헤어지게 되었으나, 재잘대던 학생들의 정경들을 바라보니 가슴속에 눈시울로 얼룩진다.

글의 도입부는 그 자체만으로 한 편의 시(詩), 여운 있는 수필이 되고 있다.

사람은 누구나 추억을 먹으며 살아간다. 현직에 있을 때는 그 생활에 휘둘려 아름다움보다 극복하고 타개해 나가야 할 과정이 많지만, 정년을 하고 몸담았던 그곳을 바라보게 되면 회포를 풀 수 있는 장소가 아니라 낯선 장소, 서먹한 장소, 그리움의 장소로만 남게 되어, 다가갈 수 없는 곳이 된다.

서원방도 지하철 속에서 만난 학생들이 초면이지만 반가움이 앞서게 되어 말을 건네 보고 싶었으나, 어금니를 깨물고 만다.

인간의 한계점이 보이기 시작한다. 그러나 한계점을 극복하고 추억 속에서 살아가게 되면 과거로의 시간 여행을 떠나게 되어 지난 시간과 합류된 삶을 살아가게 된다. 화자도 감수성이 예민했던 제자에게 삶의 모델이 되어 주었음에 보람을 느끼며, 제자의 투정을 받아들이고 있다.

주목할 것은 화자는 재직 시기의 현황을 여러 가지 모습으로 재현해 내고 있다. 성적순이 우선이던 학급 운영 평가라던가 경쟁을 우선으로 하던 교내 운동회, 그 부진으로 인한 단체 기합, 그 과정에서 일어나는 여러 가지 부작용, 그 시절의 소용돌이가 마음 편할 리는 없었지만, 시간이 지나자 추억이 되어 함께 걸어간다.

교육의 문제는 그 시대의 모순과 문제이기도 하여 이를 바꾸는 데는 많은 시간과 노력이 필요하다. 학교를 보면 그 나라의 모순과 사회가 보이게 되고, 그 나라의 미래가 보이는 데도, 지금의 교육은 극단적으로 치닫고 있어 사회의 비극이 되고 있다.

서원방이 고민하듯, 우리나라 교육제도의 문제점은 학생만의 비극이 아니라 이 사회 모든 사람의 비극으로 나타나고 있다.

발길을 되돌리며 마음을 다잡는다. 끈적거리는 기억들일랑 모두 지워 버리고 무거운 짐들을 필요한 이들에게 나눠 주고 깃털이 되련다.

사철 걸려만 있는 옷가지, 구석구석 박혀 있는 가재도구, 행여 언젠가 한번쯤 쓰일 것 같아 남겨 둔 그릇, 주는 이의 정성과 사연이 아까워 간직해 두었던 물건, 책장에 갇혀서 숨 한 번 제대로 쉬어 보지 못한 책, 색 바래고 어설픈 모습으로 포즈를 취한 사진들, 모두가 버릴 것뿐이니 아쉬울 것이 없다.

_「깃털이고 싶어」 중에서

피상적으로 보기에는 인간의 부질없음을 느끼게 하는 작품이다. 화자는 인간의 춘하추동을 함축적으로 그려내고 있어, 모든 것이 겨울나무처럼 변했을 때 풍요로움을 만끽할 수 있음을 제시한다.

갖가지 기억들과 부수적 물질에 매어 살아갈 때 삶이 부자유스럽고 버거워질 때가 있다. 화자는 삶 속에서 궁극적으로 찾아낸 것은 '진정 가벼운 깃털이고 싶다' 라고 깨닫고 있다. '옷 한 벌만을 남겨 놓고 모든 것을 이웃에 나눠 주셨다' 는 어머니의 삶의 철학을 닮아, 모든 것을 필요한 이들에게 나눠 주고 싶어 한다.

소유하고 있는 것을 다른 사람에게 전달하기란 쉽지 않다. 유한적인 존재이면서도 영원하지 못할 것에 집착하며 살아가는 게 인간이다. 젊을 때는 그것이 삶의 원동력이며 살아가게 하는 이유로 남게 된다. 집착은 끝이 없어 생명이 다하는 순간까지 깨닫지 못하는 게 대부분이다.

모든 것을 비우기 위해, 소유한 것을 소유하지 않는 것은 쉬운 일이 아니다. 성철 스님과 법정 스님의 가르침에서도 찾을 수 있지만, 가지고 있는 것에 대해 집착하지 않는다는 것은 대인(大人)의 마음이다.

그만큼 인간은 물질만능주의에 길들여져 있다. 우주 속에서 증발되지 않는 이상 인간은 소유욕 속에서 벗어날 수가 없다. 소유욕에서 한 발자국도 벗어날 수가 없는 것이 인간의 한계이다.

화자처럼 소유욕에서 벗어나 모든 것을 비워 버리고 싶어 하는 현상은 그의 성품이기도 하고, 가벼움 자체가 영혼을 맑게 해 줌을 알고 있어서다.

서원방의 인생관은 남과 다르다. 삶을 관조하는 자세가 경건해 무소유 속에서 소유를 발견하고 있어 숲 속에 갇혀 있는 바람을 느낄 줄 아는 사람이다. 숲 속에 갇혀 잠을 자던 바람도 자신을 가동하며 서 있는 나무를 흔들었을 때 자유의 날개가 된다. 그때 비로소 하늘로 치달을 수 있고 바다로 치달을 수도 있다.

깃털은 자유를 구가하는 영혼이다. 이것으로 볼 때 서원방은 진정한 삶이 무엇인지 깨달은 사람이다.

가을에는 밤송이가 미처 영글기도 전에 송두리째 서리해 가는 사건이 끊이질 않았다. 애써 가꾼 양배추와 땅콩도 남의 차지가 되곤 했다. 그렇게 부락민에게 부대끼면서 지냈다.

무지를 퇴치해야 하는 것이 급선무였다. 아버지는 야학을 열어 마을 청년에게 고등 채소와 꽃 재배 기술을 보급하고 농가 소득을 크게 올리게 했다. '꽃마을'의 태동이다. 아버지가 그리울 때면 비닐하우스가 즐비한 과천의 '꽃마을 이북골'을 들른다.

_「꽃마을 이북골」중에서

'꽃마을 이북골'은 서원방에게 추억이 숨어 있는 마을이다. 그곳에서 할머니와 동생과 화롯가에 앉아 감자를 구워 먹던 시간들이 있었으니, 세상을 남다르게 관조하며 응시하는 '눈'을 지녔을지도 모르겠다. 지금은 옛 지명으로 남아 있지만 '이북골'은 한강을 품고 있던 마을로 임금으로부터 내려진 지명이다.

화자는 그때 그 시절과 이 시대의 삶의 실상을 비교하며 당시의 부지런함과 소박함을 그리워한다. 그때는 첫닭이 울면 너나없이 일터로 나가서 땀을 흘렸지만, 이 시대 젊은이들은 그와는 거리가 멀어 가슴앓이를 하고 있다.

그곳이 더욱 애착이 가는 것은 해방이 되어 나라가 혼란에 빠졌을 때 직장 생활을 하던 아버지가 '이북골'로 낙향해 부락민에게 야학을 열어 무지를 퇴치하던 일, 농가 소득을 올리기 위해 여러 가지로 연구하며 부락민에게 도움을 주던 일을 기억하기 때문이다. 그 결과 '꽃마을' 이 태동되었음을 알 수 있다.

서원방은 지금도 아버지가 그리울 때면 '꽃마을 이북골' 을 찾고 있다. 그러나 크게 실망하는 모습이다. 그곳에서 묘목을 손질하는 사람들은 내국인이 아니라 동남아 사람들이니, 지금 이 시점에 3D업종을 운영하는 사람들이 사업을 접고 있는 현실이 낯설지만은 않다.

서원방은 힘든 일에 접근하지 않으려는 젊은이들의 사고방식과 그에 따른 사회적 모순에 회의를 느끼고 있다.

고학력자가 많은 현실이다. 그러나 전산화된 사회 시스템과 뒷받침이 미흡하다는 조건으로 '편하게 살자' 식의 독신주의자 급증, 궂은일은 싫어 수입이 없음에도 소비성이 강해 가정 경제까지 무너뜨리는 현실이다.

이 글은 우리나라 실상이 암담한 쪽으로 치닫고 있어 정치인이나 국민 각자가 고민해야 하고, 젊은이들이 깨달아야 할 부분이 많은 순간임을 자각하게 하는 작품이다.

야생화를 보고도 아름다움을 느끼지 못하고 장미꽃 향기에 머리를 앓은 아이도 있다. 나뭇잎이 흔들리고 싱그러운 바람이 불면 심호흡은커녕 교실 창문을·닫아 버린다. 오직 시험을 위한 삶이고 보니 어쩌다 자유 시간이 생겨도 제 시간으로 쓰지 못하고 입시 경쟁의 틈바구

니에서 허우적거릴 뿐이다. '입시 우리' 에 갇혀 있는 그들을 더는 그
냥 놔둘 수가 없어서 짐을 덜어 주어야겠다고 맘을 먹으니 갑자기 바
빠진다.

_「꽃밭」 중에서

　한편으론 자매간의 정이 끈끈하게 묻어나는 작품이기도 하
다. 자매라 할지라도 형제의 승진을 축하하며 상대의 성품과
비슷한 꽃바구니를 보내는 것은 생각처럼 쉽진 않다. 남과 남
이라면 오히려 서로에게 예의를 갖추기 위해 선물을 하겠지
만, 가족에게 따뜻한 마음을 담아 축하의 선물을 한다는 것은
타당한 일임에도, 쉽지 않다. 이웃보다 못한 형제가 많은 현실
때문일까.

　형제애는 상대적이라 화자가 관계 형성을 위해 노력했다는
의미이다. 언제나 시들어 가는 화초에 물을 주며 그 꽃을 가꿔
가려는 서원방의 정신세계를 보더라도 생활철학과 성품이 무
리 없이 드러난다. 인도 설화에서도 볼 수 있듯, 같은 물방울도
뜨겁게 달구어진 쇠 위에 떨어졌을 때는 증발해 버리지만, 나
뭇잎이나 연꽃 위에 떨어지게 되면 진주처럼 청청한 빛을 발하
게 된다.

　이 작품을 읽다 보면 화자는 언제나 과꽃처럼 사색하며 단아
한 매무새로 자연과 살아가는 사람이다. 서원방은 어릴 적 야
생화 속에서 살아와서 그런지 재직 시절에도 게임에 시달리고

253

입시에 시달리는 학생들을 위해 학교 교정에 화단을 마련하여 묘목을 심기도 하고, 손수 어린 묘목을 구입해 교정을 환하게 바꿔 놓으며 교육의 진정성에 대해 고민한 사람이다.

단체의 경영철학은 리더의 고충에 의한 산물이다. 특유의 향기와 남다른 생각을 가지고 공생하는 환경을 만들어 갈 때 진정으로 비전이 있는 단체가 된다. 마침내 '실내 생활에 길들여진 '교실파' 아이들도 문을 박차고 나와 꽃밭 향기에 만취한다' 는 작품 「꽃밭」을 볼 때 학생들은 스승의 교육철학과 그 성향을 닮아 간다.

진중한 철학이 드러나는 작품이다.

미니스커트의 유행이 서서히 청바지로 옮겨 가던 70년대 초반 무렵이다. 청바지는 젊음의 상징이었고, 여자대학 입구엔 온통 청바지로 넘칠 때다. 나도 예외는 아니어서 몸에 꼭 들어맞는 청바지를 입고 출근하니 남학생들이 킬킬대며 딴청을 부리고 학교 담벼락엔 낙서가 볼거리로 등장했다. 교사의 직분을 망각하고 유행을 쫓다가 벌어진 사건으로 인해 청바지를 벗어야만 했다.

_「든벌 난벌」 중에서

옷에 대한 에피소드로 시대의 유행이 소개되는 작품이다. 무엇보다 손녀의 무의식까지도 지배하던 할머니의 가르침은 화자 서원방에게 삶의 지침서가 되고 있다. 세상을 떠난 분이지만 화자의 마음속에 살아 있어 든벌 난벌까지 깨닫게 해 주는 정신적 지주가 되고 있다.

보이지 않아도 늘 보이고 들리지 않아도 늘 들리는 할머니의 존재는 화자에겐 귀한 존재로 남고 있다.

든벌 난벌은 구별되어야 한다. 인간은 사회적 동물이라 재래시장에서조차 차림새를 보고 물건 값이 달라지는 현실, 정장을 한 직장인에겐 물건 값까지 비싸게 거래되고, 든벌을 한 동네 주부에겐 콩나물 값도 깎아 주는 세상이다.

인간의 심리 현상이 진솔하게 드러나는 의복은 중요하지 않을 수 없다. 할머니는 의식주 중에서 '의'를 중요하게 여겼으므로 화자에게 품위에 손상되는 옷을 만류하며 든벌 난벌의 철학을 철저하게 가르친다. 화자는 그 가르침으로 정숙하고 온화하게 살아왔음을 알 수 있다. 인간에겐 그 인격이 형성되기까진 누군가의 가르침이 매우 중요하다.

60년대 후반 미니스커트가 유행하던 시절에는 근처에도 가지 않았지만, 70년대 초반 청바지가 유행해 청바지를 입고 학교에 나타났으니, 이 사건은 전통적 집안에서 유교 교육을 받은 서원방의 글의 세계에 환풍기 역할을 해 준다.

90년대에 이르러 교무실을 청바지 시위장으로 만들었던 그 시대 사건들이 화자에겐 부정적으로 다가와 청바지에서 멀어지게 되었지만, 지금에 이르러 전시회를 가기 위해 인사동 거리를 거닐고 있을 때 "선생님도 청바지?" 하는 제자의 목소리

에 깜짝 놀란 화자는, 다시 할머니의 든벌 난벌의 철학을 되새
김하게 된다.

화자의 출렁임도 시대의 출렁임도 더불어 걸어가는 시대이
다. 잔잔한 듯하면서도 예민한 기지가 있어 비범한 반전을 보
여 주는 작품이다.

운동의 중요함과 땀의 가치를 일깨워 주는 작품이다. 땀의
가치는 헛되지 않아 인간이 살아가야 할 조건의 징검다리가
되어 준다.

서원방은 나이가 들면서 여기저기 온몸에 이상 현상이 나타
나자 운동으로 극복한다. '인생살이는 '땀' 흘린 만큼 결실을
맺는다' 며 삶의 지론을 깨닫게 한다.

현대사회에서 요행으로 다가오는 복권 당첨이라던가 신기

루적인 삶은 삶다운 삶을 방해한다. 땀과 성공은 비례하므로 그곳에는 참신한 답이 있어 성실하게 땀 흘린 자만이 긍지를 가지고 살아가는 세상이다.

이 철학을 인지하고 있는 서원방은 '직업전선에서 방황하는 청년들에게 멘토가 되어 주고 있는 제화계의 장인(匠人)―그를 만난 후부터 지워지지 않는 여운으로 다가오게 되어 땀의 가치에 대해 다시 한 번 절감한다.

땀은 인간에게 있어 냄새나는 매개체가 아니라 삶의 에센스라고 말하기에 이른다. 누구에게나 합당한 얘기지만 특히 이 시대 청년들에게 일침을 가하는 메시지다.

인간은 너나없이 편하게 살아가길 원한다. 한순간에 일확천금을 꿈꾸며 구름 위를 달리듯 쉽게 살아가려고 한다. 삶은 생각처럼 만만치 않다. 비탈길이라도 걸어간 자국만이 자신의 삶이 되듯, 땅에 발을 딛지 않고서는 발자국을 남길 수가 없다.

오뚝이처럼 인내력이 있는 사람만이 자신에게 할당되는 바톤을 놓치지 않게 된다. '계속 갈망하라. 여전히 우직하게' 라는 스티브 잡스의 격언이 아니더라도, 땀의 가치는 소중하여 인간의 생명줄로 남기에 적합하다.

이 글은 서두부터 무더위의 짜증, 요란한 매미 소리, 어수선한 마음들로 삶의 매듭을 상징하고 있어, 풀지 못할 매듭에서 고민했음을 보여 주는 작품이다.

매듭을 풀기 위해 패션 전시장을 찾아가 사건을 만들어 가고 있어 그 구성이 문학적이다. 매듭에는 긍정적 측면과 부정적 측면이 도사리고 있어 화자는 이 글을 이분법적 관점에서 풀어 간다.

긍정적 측면인 패션 전시장에 전시된 저고리 매듭단추를 기점으로 결혼 전 할머니의 장인적인 모든 것, 그리고 사람과의 감정이 어긋났을 때 우회적으로 풀어 가는 수사적 관점에 대해 고민한다.

화자는 어머니의 생활철학도 중요했지만 할머니와의 깊은 정도 그림자처럼 존재해 있어, 그 정신을 전수받게 된다. 문제는 '매듭은 맺기보다 풀기가 더 어려웠다' 며 글의 핵심적 화두를 제시하는 능력이 남과 다르다. 할머니에게 매듭 맺기만

배웠을 뿐, 매듭을 푸는 것엔 소홀했다며 자신의 단점을 우회적으로 돌려 작품화하는 방법이 신선하다.

이 고백 자체가 「매듭 풀기」의 주제로 나타나고 있다. 살다 보면 형제간에도 불협화음이 생기게 마련이다. 친정 쪽보다는 시댁 쪽에서 문제 아닌 것이 문제가 되어 감정의 어긋남으로 나타난다.

문제가 있어서가 아니라 서로의 성격에서 오는 불협화음이 대부분이다. 서원방은 여러 가지 성격 차이에서 파생된 문제— 무엇보다 이 글에는 얽힌 매듭을 풀어 주지 못한 채 동서를 먼 곳으로 보내게 되어 힘들어하는 심정이 잘 드러나고 있다.

「매듭 풀기」는 문학성과 철학적 사고가 우수한 작품이다.

그 어려운 자리를 묵묵히 내조하는 그녀를 병마가 시샘했다. 인고로 인해 쌓인 스트레스를 병마는 그대로 놔두지 않았다. 검은 머리 한 가닥 없는 백발이고, 신장 투석을 통해 하루하루 연명하는 환자가 되었다.

_「무심 죄」 중에서

불을 피우는 아궁이도 굴뚝이 있어야 연소가 되기 마련이다. 화자도 글에서 산사의 종소리는 마음을 닦아 주는 세제라고 말한다. 특히 집 대문에 작은 종을 매달아 자신을 확인하며 살아간다.

오고 가며 종소리에 귀 기울인 결과 '무심 죄'가 죄 중의 죄임을 자각하며 삼라만상에 숨어 있는 본질을 규명하려고 노력한다. 사랑을 실천하지 못한 죄가 마음속의 무게로 남아 걸림돌로 남고 있다.

젊은 시절 그에게 '사랑의 증인'이 되어 준 친구와의 우정 문제가 편치 않은 감정으로 남아 있다. 원만치 못한 결혼 생활을 하며 병마에 시달리는 친구임에도 가까이 다가가지 못했음을 고백한다.

친구 관계는 가깝고도 먼 관계일 때가 있어 어릴 적 절친했던 친구가 성장한 후엔 먼 관계가 되고 마는 아이러니가 있다. 서원방은 이런 친구와의 관계에 대해 고민하기에 이르렀고, 결국 그에게 다가가 '무심 죄'를 고백한다. 그때 비로소 족쇄가 풀리는 듯 자유를 얻고 있으니, 죄 아닌 죄라 하더라도 마음을 무겁게 한다면 분명히 실체의 문제점을 풀어 가야 한다.

정신적 자유는 삶을 건강하게 하는 키워드가 되어 준다.

삽살개가 다섯 생명을 출산했다. 어미는 발그레한 새끼를 연신 핥으며 모자의 연을 잇느라 여념이 없다. 통통하게 부어오른 젖을 내어 주며 어미의 몫을 다하는 모습이 마냥 성스럽다. 눈이 감겨 있는 새끼들은 용케도 제 젖줄을 알아보고 힘껏 빨아 배를 채우고, 제 것이 아니면 입을 대지 않는 질서도 있다. 잠이 든 새끼들을 바라보는 어미의 그윽한 눈빛엔 새 생명이 건강하게 잘 자라길 바라는 기원이 그

득히 고였다. 어느 생명체이든 어미의 본능은 같으련만 더 간절함을
느낄 수 있으니 영물이다.

'영심이' 생(生)의 경로가 따뜻하게 담겨 있는 작품이다.

사람과 다를 바 없이 삽살개의 몸에서 태어난 '영심이'가 다
른 곳으로 분양되고 자기를 사랑해 주는 주인을 따르다가, 때
가 되면 배우자를 만나 새끼까지 낳으며 살아가고 있으니 사
람의 일생과 별반 다를 것이 없다.

요즘 세상은 혼란이 극단적으로 치닫고 있어 짐승보다 못한
사람이 많은 게 사실이다. 서원방은 정이 든 영심이를 직장 뒷
마당에서 키우며 '눈빛으로 교감하는 사이'였음을 고백한다.

애완동물 '영심이'에게 사랑법을 익힌 화자였으니 특유의
감동은 그 누구도 표현할 수가 없다. 조건 없이 동물을 향한
화자의 사랑법을 살펴볼 때 그는 항상 맑은 물줄기가 흐를 수
있도록 심신을 갈고 닦는 사람이다. 이런 현상은 폭넓은 사유
와 멈추지 않는 성찰이 있을 때 가능하다.

과정에서 서원방은 긴장된 마음으로 '영심이'의 새끼 가질
시기를 지켜보며 여러 가지 생각을 한다.

'눈빛이 마주치면 부끄러워하며 외면하는 그는 염치를 알고
있었다. 그래서들 염치를 알지 못하는 사람은 개만 못하다고
하나 보다'라며, 인간을 풍자하는 부분이 「영심이」의 핵심적

반전이다.

이런 일 저런 일을 지켜 본 '영심이'가 새끼를 낳아 주인 곁을 떠나게 되자, 서원방은 '건네 준 사랑보다 남기고 간 애절함'이 뇌리 속에 매달려 있다며, 심지어 자신을 이기적인 사람이라고 치부한다.

동물과 사람과의 교감을 통해, 인간과 인간과의 삼라만상을 돌아보게 하는 작품이다.

화자는 TV 프로그램 「진품 명품」을 자주 시청했음을 알 수 있다. 이 프로그램은 1998년 KBS 2TV에서 첫 방송을 실시했으며, 국내에서 방송한 출장 감정 프로그램으로 전문 감정위원과 쇼 감정위원이 출연하여 일반인들이 소장하던 명품들을 방송에서 직접 감정하고, 그 자리에서 금액을 책정하는 특유의 프로그램이다.

골동품 수집은 수집하는 사람의 심상을 표현하는 상징물이다. 그 가치는 오래되어 희귀하고 값이 비싸다는 데 있는 것이 아니라, 존재 그 자체에 있는 것이 아니라, 수집자의 정신과 생활철학, 그리고 예술품으로서의 미의식을 훗날인 내일에 보여 주는 데에 있다. 일상 용품이든 값비싼 문화재이든 작품의 배후 세계를 깊이 이해하고 옛날과 현대를 같은 선상에서 공감해 보는 데에 그 목표가 있다.

「진품 명품」을 살펴볼 때, 서원방의 집안에는 할머니의 예술성을 통해 생활 문화재가 곰삭아서 작품으로 거듭났다.

70년대만 해도 서원방의 집은 함박꽃 그림의 다락방과 호랑이 민화로 도배한 집이었다. 무엇이든 버리지 않아 뒤란에 생활 문화재가 널브러져 있었고, 그 자체가 살아 있는 교육이 되어 화자도 부지불식간에 그 정신이 인수되었음을 느끼게 한다.

할머니는 가세가 기울어지자 그 소장품으로 가족의 양식을 교환해 오기도 했지만, 이것을 통해 우리는 삶보다 독한 예술은 존재하지 않음을 실감하게 된다.

이제 서원방도 할머니의 나이가 되어 그 가치를 실감하게 되었으니 그것의 광대함을 느끼는 순간이다. 그것은 물질적 가치보다 정신적 유산이기 때문이다. 정신문화의 보고는 끝이 없을 만큼 깊고 넓은 정신세계를 지배한다.

　서원방에겐 가족의 양식으로 전환시켜야만 했던 할머니 시대의 골동품이 혹시 TV 프로그램 「진품 명품」에서 볼 수 있진 않을까 하던 시간이기도 하다.

　"오랜만에 옛 길을 걷고 있구나, 내 사랑스런 딸들." (중략)
　우리 자매는 어머니의 영혼과 동행하며 고려 말, 문신이고 대 성리학자인 목은 선생 사당에 고개를 숙였다. 고려 충신 삼은(三隱)—포은 정몽주, 야은 길재, 목은 이색—목은 선생은 사회 혼란에 대처하는 주자 성리학을 수용하면서도 초인간적이고 종교적 문제는 불교에 의존한 대학자다.
　사당 담 너머엔 불교계의 대 본산인 조계사가 웅장한 모습으로 중생을 구하고 있다. 어머니의 영혼을 위로하는 목은의 가호, 스님의 독경이 목탁 소리에 실려서 점점 더 크게 들린다.
　　　　　　　　　　　　　　　　　_「추억의 골목길」 중에서

　서원방은 추억의 골목길을 걸어가고 있다. 맘모스 건물들과 숱한 문명이 그 옛날 골목길을 삼켜 버렸으니, 풍취와 인정이 가득했던 서울의 형상은 간 곳이 없다.
　화자는 그 풍취를 상상하며 먼 길로 떠나 버린 동생을 생각하고 있지만 작품의 이미지를 유머와 위트로 환기시켜 간다. 그러나 행간에는 이름 모를 적막함이 흐르고 있다.
　서울이 고향인 화자는 세월 속으로 소멸된 역사의 흔적을 혼

자 곱씹으며 '우뚝 선 건물들은 그 역사를 알고나 있는지' 라
며 침묵한다.

　어느 건물이 많은 역사를 알겠는가. 화자와 그의 가족이 살
았던 서울의 20세기는 불행과 격변으로 점철된 시기가 많았
다. 해방되기가 무섭게 분단의 비극이 찾아왔고, 그 후유증은
서로 다른 이데올로기를 낳기에 이르렀다.

　그 결과 좌우익 진영의 맞섬과 부딪침이 있었으며 한국전쟁
의 힘겨운 복구를 했음에도 나라를 혼란 속으로 빠지게 한
4·19, 대통령 하야, 5·16의 소용돌이가 있었다.

　그 외에도 많은 사건들이 있었지만 화자는 묵묵히 그 소용돌
이 속에서 가난과 궁핍, 산업화와 눈부신 경제성장을 지켜보
고 있었다. 다행인 것은 모든 것이 바뀌어도 부모형제의 목소
리가 그리움 속에서 메아리처럼 들리고 있어 고향의 옛 모습
을 놓칠 수가 없다.

　화자에겐 과거와 현실을 넘나드는 그리움이 존재한다. 특히
이 글은 '내 사랑하는 딸들' 이란 어머니의 음성이 도사리고
있어 더욱 잔잔하게 울림이 있는 작품이다.

　'고동업' 이 각색·연출한 '품바' 는 실존 인물 각설이패 대장 '천
장근' 의 파란만장한 일대기를 엮었다. 제7대 품바 '김기창' 과 제2대
고수 '김태형' 의 공연은 1인 14역 명연기다.

　일제강점기의 탄압과 가슴 터질 듯이 벅찼던 광복, 어수선하고 혼

미했던 시기, 한국전쟁, 격변기의 세월을 거치며 거칠게 살아온 각설이의 날소리가 거침없다. 인생길 잘못 들어선 한 많은 각설이, 부모 잃고 고아 되어 눈물로 지새우는 각설이를 대신해 삶의 애환을 풀어준다.

_「품바 공연」 중에서

이 글은 사막 위를 헤매다가 오아시스를 발견한 낙타의 환호성과 다르지 않은 감정이다. 시골의 옛 풍경이 사라진 지 오래되었지만, 엿장수의 가위 소리가 뭉툭한 엿판을 두드리는 소리, 그 인정은 온돌방에 불을 지필 때 하늘 위로 뻗어 나가는 연기의 몸짓까지 연상하게 한다. 시골의 풍경과 시골의 인정, 사람의 냄새를 만끽하게 한다.

「품바 공연」은 실존 인물 각설이패 대장 '천장근'의 파란만장한 일대기를 고동업이 각색하고 연출했지만 천장근의 삶 속에도 인간의 순수한 본질이 녹아 있다. 지금도 관광지와 온천장 근처에는 호객 행위를 하는 엿장수가 있긴 하지만, 옛날의 모습과는 차원이 다르다.

'누더기 옷에 산발을 한 채 후미진 초막 상엿집에서 거적을 들치고 나서던 걸인'이 "한 푼 줍쇼."라고 외치던 그 시대, 그때는 인간의 본성을 처절하게 드러낼 수 있던 시기로써 특별한 사람이 없어 너나없이 걸인이라는 말이 싫지 않던 시절이다. 요즘은 상대적 빈곤감으로 특정인들이 걸인이 되고 있지만, 60~70년대만 해도 그렇지 않던 세상이다.

금융 위기 이후부터 걸인의 이미지는 낭만과는 거리가 멀어졌고 살아 내기 위한 혼란의 장으로서 위기감으로 다가왔다. 영혼이 말라 버린 걸인, 정서는 말할 것도 없이 삭막하고 극단적인 시대가 되어 물줄기 같았던 동심의 세계를 잃게 되었으니, 각설이타령이 그리워지는 것은 당연하다.

서원방도 「품바 공연」을 처음엔 억지 춘향이라 생각하며 부정적으로 받아들였지만, 무대 장식 없는 텅 빈 공간에서 잃어버린 시대를 연상하게 하는 '각설이'가 등장하여 관객들을 향해 "너거들은 떼거지여."라고 외쳤으니, 느끼는 것이 많았던 연극이다.

관객 모두가 정신을 차릴 만한 풍경이다. 낭만과 순수를 찾아볼 수 없는 현대인의 꼬락서니가 어쩌면 영적(靈的) 떼거지인지도 모르므로, 고개를 끄덕일 수밖에 없다.

관객들도 그 순간 각설이의 걸통으로 흡수되어 연극을 관람하는 순간에는 그들과 더불어 마당놀이를 하였으니, 영혼의 부자가 되는 것은 당연하다.

봄 여름 가을 겨울이 존재하듯, 콘크리트와 오솔길이 존재하듯, 모든 것엔 음과 양이 존재하듯―빛과 그림자가 조화를 이루며 살아갈 때, 뭉쳤던 애환이 안개처럼 용해되어 세상다운 세상이 되어 간다.

이 글은 '그렇지 내 인생도 걸인이고 말고' 라는 서원방의 외침을 통해 진정한 정신세계, 풍요로운 정신세계, 화자의 또 다른 면이 보이는 작품이다.

　이승만 정권 하에선 같은 업을 하는 이들에게 경찰관의 집안 수색이 수시로 있었지만 그들의 빌미에 걸려들지는 않았다. 화가로서의 긍지가 대단하셨던 그분이었기에.
　초창기 국전 입선작품인 「청룡 항아리」 유화 한 점이 색 바랜 그림으로 남아 볼품은 없어도 가끔 먼지를 떨어 가며 그분의 향기를 느낀다. 그분의 생보다 10년 더 세상살이를 하였건만 그리움의 색깔은 짙기만 하다.
　「청룡 항아리」를 다시 표구하여 '모네' 미술작품전에서 구입한 「수련」 옆에 나란히 걸어 놓으니 빛이 더한다.

_「화가의 긍지」 중에서

　「화가의 긍지」를 볼 때 화자의 40년 지기 친구는 화가로서의 긍지를 처절하게 지키는 사람이다. 수신제가하는 여인으로 서양화를 전공한 미술화가로서 그 주제는 우주이며 생명의 근원인 태양이 친구의 미술 세계라고 피력한다.
　그럼에도 친구는 작품을 외부로 유출하길 꺼려하고 있어 화자 서원방은 그를 '겸손하면서도 당당한 자세가 넘볼 수 없는 성역 같은 여인' 이라고 말한다.
　친구의 예술 세계를 긍정적으로 평가하며 극찬을 아끼지 않는 것은 예술적인 깊이가 우선이지만 상대를 인정하며 사랑하는 마음이 앞서기 때문이다.

예술가라면 「화가의 긍지」를 음미하며 자신의 작품 세계와 접목하며 성찰해 보아야 한다.

초창기의 국전 입선작 '청룡 항아리'를 탄생시킨 화가 역시 그 어려움의 시대에도 긍지를 잃지 않으려고 노력했으니, 그 깊이를 가늠하고도 남음이 있다. 일본을 유학한 화가로서 화폐 원판 분실 사건으로 은둔 생활까지 했으나 예술가로서의 긍지는 손실되지 않아 역사에 자리매김된다.

미술은 시대의 정신적 기온(氣溫)을 나타낸다. 시대가 어려워 한때는 미술이 일본에 예속되어 침잠된 상태에 놓여 있기도 했고, 해방 직후에는 좌파 이데올로기를 위한 전단(傳單)으로 추락하기도 했다.

창작에 자존심을 건 예술가와의 만남은 행복한 일이다. 창작에 얽힌 창작자의 내면 풍경을 실감하는 것은 환상적이다. 이런 의미에서 화자가 소개한 두 화가는 예술적 용광로에서 뛰쳐나와 열정을 표출하는 사람이다.

예술가들의 예술성—좀 더 그 깊이와 사명감에 대해 돌아보게 하는 작품이다.

작가 서원방은 그 성향이 잔잔하다. 한복의 매듭단추처럼, 연못에 핀 수련처럼 자세가 흐트러짐이 없어 붓끝의 필체와 비슷한 사람이다. 어릴 적 부모님과 할머니와의 생활에서 전통 교육을 받은 탓에 심신의 수양과 인격이 잘 형성되어 있어, 지금 이 시점에도 지난날을 응시하며 쓴 작품들이 한 폭의 동양화, 한 그루 소나무처럼 무게감이 있다.

처녀작으로 상재하는 이 작품집은 내용이 참신하지 않은 것이 없어, 이 시대 모든 이들에게 마음을 씻어 주는 물줄기 역할을 한다.

교육계에 생(生)을 몸담았던 사람으로 학업에 대한 열망과 학생들의 교육 문제, 학생들의 인성과 정서 문제에 신경을 많이 썼음을 느끼게 한다.

이런 성향은 일제 탄압에서 벗어나 한국전쟁의 후유증 속에서도 '꽃마을 이북골'을 일궈 내며 마을 사람들에게 봉사를 많이 한 아버지를 닮았으며, 일상 속에서도 옛 것을 수집하며 그 생활을 정신적 지주로 삼았던 할머니와의 추억들과, 모든 것을 비워 가며 마음을 닦아 냈던 어머니의 정신세계가 작가 서원방에게 결정적 영향을 미쳤음을 알게 한다.

여러 가지 성향으로 볼 때, 작가 서원방의 글은 뿌리가 튼실한 나무에 꽃을 피우는 경우와 다르지 않다. 그처럼 한국 여인으로서 레일 위를 참신하게 걸어오던 작가가 작품「품바 타령」을 쓸 때는 모든 것을 풀어 놓고 '각설이'와 더불어 한바탕 춤을 추기도 했으니, 모든 예술을 수용하는 작가 서원방은 영혼의 자유와 내면적 삶, 은폐 속의 진리까지 수용하는 사람이다.

270

그래서 그의 문학은 흡인력이 강하다. 우주적인 넓이와 깊이 속에서 모든 것이 고요함 가운데 움직이고 있으며, 그 가운데 살아 움직이는 예술적 끼까지 분출되고 있어 생명력이 있는 글이 된다.

앞으로도 진지한 성찰력으로 깊이 있는 작품을 쓰며 심중에 다가오는 금언들을 남겨 주길 기대한다.